# 山の人魚と虚ろの王

YAMAO YUKO
山尾悠子

国書刊行会

# 山の人魚と虚ろの王

これはわれわれの驚くべき新婚旅行の話。ある種の舞踏と浮揚についての話。各種の料理、幾つかの問題ある寝台と寝室の件。大火。最終的には私が私の妻に出会う話。

回想すること。深く遠く、始まりの時点まで。あるいは任意の時点へと思いつくまま飛び移りながら。

「舞踏の最終目標は空中浮揚なのよ」——そのように言ったのが伯母であったの

か私の若い妻であったのか、記憶はすでに定かではない。まるで珍しくもない凡庸な主張、どこかで何度も聞いたことがあるような言いぐさではあったのだが。

「――まあ、ある意味ではね。椿（カメリア）の落花よりも美しく倒れ伏すことを目標とするのもよし、バランスは深ぶかと地に刺さって静止する槍のように。あるいはあくまでも重力を無視して、持続していつまでも空中に在り続けること。跳躍は跳躍でなく、踊り手は地上から切り離された世界に棲む別種の珍奇な生き物であると思えるように」

　この口調はやはり〈山の人魚〉と呼ばれた伯母であったのだろう、舞踏に関わる立場のひとであったことは確かなのだ。そう椿（カメリア）、身振りを伴いながら語る伯母の背後には大人の背丈を越す稀少な東洋製の壺などつねに犇めいていたものだったし、さらには壺よりも価値ある見事な娘たちが控えて並んでいたものだ。そして妻はといえば、別のかたちではあるものの、それなりにこの種のことに関わりがあったと言えなくもない。たとえば旅行のさいごの夜、妻の口は私の目のまえで動き、はっきりとこのように言ったものだ。「火をつけるのよ。燃やすの。なかったことにするの」

——あの場所、あの忌まわしい場所に火を放って逃げた夜のこと。手に手を取って走るわれわれの足元直下には星ぼしを散りばめた暗黒宇宙らしき空間すら何度も見えたのだったし、辛うじて墜落を避けつつ狭い道筋を辿るうち、ともすれば妻の足元は重力の軛(くびき)をのがれ、ふらふらと空中へ漂い出したものだった。固く繫いだ片手でもって苦心惨憺その妻を引っ張りながら逃げるうち、石の門らしきものを見た覚えもある。走りながら横目でそれを見たが、石柱と石柱のあいだにはひとつの巨大な眼球が浮遊しており、それは闇のなかで無数のぎざぎざの光線を四方へ放っていたような気が——しかし私は妻の野放図な空中浮揚を片手で取り押さえ、地上へと引き戻しつつ走ることで精いっぱいであったので、その場を無事通過できさえすればそれで充分だったのだ。

これがわれわれの驚くべき新婚旅行のさいごの夜の出来事であると、果たして信じてもらえるものだろうか？　やがて麓の平凡な駅舎に辿りつき、そうなれば平穏な日常までは乗り換えなしのいっぽん道であったと記憶する。妻の空中浮揚もそののち二度となく、こうして平穏無事な現在に至っている訳であるが、互いに口に出さない記憶を共有する共犯者としての夫婦になったとでも言えるのだろうか。

そして平凡な朝食後の白い皿を眺め、密かに思い出すのだ。パン切れでぬぐったあとの油と混じりあった半熟卵の黄身と黒胡椒の粒、野菜片の繊維の潰れた緑とオレンジなどが絵に描いたようだと考えた、駅舎ホテルのざわめく朝食室でのふたりのさいしょの朝のことなど――

そしてもちろん母のこと。私が三度めに訪れることになった夜の宮殿の印象。われわれの新婚旅行のさいごの朝、山の伯母の巨大すぎる寝台の片隅に旅装姿のまま腰かけていた若い母の印象。それが生前のままの若々しさであったことなど。一瞬だけ目撃したと思った機械人間の件。舞踏家の片足のデスマスク。

それにしてもどこから始めるべきなのだろう、たとえば旅の二日目の午前のこと。初秋の駅舎構内のアーケードで、妻が気に入って購入した安い模造毛皮の襟巻のことからだろうか。「だって、これから高原列車で山へ向かうんですもの。

きっと役に立ちますわ」――そのように言い訳しながら、大事そうに衣料品店の紙袋を抱えていた様子のこと。それが結婚後初の買い物となったわけだが、私を遮って妻じしんが小さな女ものの財布から支払いを済ませ、「小遣い帳に付けておかなければ」と満足げに呟いたことなど。そして結婚後初の出来ごとというならば、その朝の駅舎ホテル朝食室で初めてふたりきりの食事をしたこと、これもむろん筆頭のひとつとして挙げられるべきことだろう。これもまた相当に奇妙な宿であったあの駅舎ホテルのなかで、唯一真っ当な広さや落ち着いた格式を備え、何より窓側からの豊かな朝の陽光に満ち満ちて、ひたすら明るい印象であった場所のこと。行く先々でパンを溜め込むという妻の小さな性癖のひとつを初めて知ることにもなった場所。たしかそのとき野太い汽笛が何度も響き、それは中央駅舎名物の巨大転車台がひと晩かけてようやく回転を終了した合図と客たちに知れたのだった。

――そもそも前夜の列車が遅れに遅れたため、深夜の到着となったわれわれは夕食も取らずに客室へ追いやられる羽目になったのだが、朝いちばんの待ち合わせ場所として指定された朝食室の階段下でもさんざん待たされた挙句、ようやく上方に現われた妻は洗顔のみの素顔のままで、そのとき何やらはっとする思いがあったことを覚えている。そこそこの年齢差があり、しかもさほどよく知りもしない相手と結婚したのだ、と改めて実感したのだったと思う。「――あたしはあれから、お夜食を少しだけ頂きましたの」と、階段を降りてきて真っ先に妻は声を潜めて言ったものだが、何しろ互いに未だ慣れない口調で喋りあっていたころのことだ。急いで来たのかやや息を弾ませ、珍しそうにあたりの様子を見回すのだったが、多数の泊り客でざわめく店内に取り分け用の食べ物が上下二段になったビュッフェのテーブルの列があるのに気づき、「じぶんで取り分けるのかしら」と急に不安げな面持ちになるのだった。

「好きなものを取りなさい。腹が空いたでしょう」

「お夜食といっても簡単なもの、乾燥肉とナッツのような。＊＊が鞄に入れていましたの」と妻はじぶんの女代理人の名を言った。「非常食のつもりだったのでしょうね。着替えを取り出そうとしたら、その隅に」

「旅程の作成者だね、問題の」

「あなたもよくご存じでしょう。その筈ですわ」

「主に電話で話しただけだが」私は言った。「かなり風変わりな人物のようだね」

「でも、頼りにしているんです」と若い妻は力みのある顔になった。が、それから小型パンいろいろにジャム等の添え物、保温容器入りの黄色いかき混ぜ卵にベーコン、茹でソーセージに温野菜、各種のスープに生ジュースなど、ありきたりでないものは何もないものの量は豊富な朝食メニューの選択に全身で集中する様子となった。

問題の旅程に関して言いたいことはそのとき無数にあり、この種のことに関してはおおむね妻の側に譲歩すべきと心得てはいたものの、新婚第一夜を過ごす宿としてこの駅舎ホテルを選択したことに関してだけは看過できない思いがあった。ここはあくまでも仮眠所であり、乗り継ぎに必要な長い時間を埋めることが目的なのだ、と電話で話した折の妻の女代理人はしきりに強調していたものだったが。「――ええ、当ホテルでは宿泊客の安全を第一と考え、この点では何より信頼を頂いておりますので」と、いかにも女舎監然とした恰幅のよい夜勤のフロント長は言い、オレンジのテーブル灯の下で予約帳を確認しつつ二本のルームキーをわれわれに渡してよこしたのだった。それは前夜遅く、ほぼ深夜のことだったが、ようやく到着したホームの柱構造と柱構造とのあいだに挟み込まれるようにホテルのエントランスは存在し、我ながら性格的に目の欲がつよいと思う私にとってそれはなかなか面白い眺めと思われたものだ。巨大なドームとアーケードと転車台のある中央鉄道駅ならば一帯の鉄路の要であり、何度も訪れたことがあったが、駅舎構造のぜんたいに交じり込むようにホテルの客室層が隠れて存在するとはまったく知らないことだった。——ともあれ灰色髪の女フロント長の合図でいかにも屈強そうな女の客室員たちが三人ばかり現われ、われわれはしかるべき場所までほぼ護送されていったのだが、狭苦しいフロントと同様に通路はどこも妙に天井が低くて圧迫感があり、羽目板張りの内装や布シェードの壁灯の具合と相俟ってどこか客室列車の通路を思わせた。たまに片側の壁面に見られる窓はすべて駅舎構内の側に向いており、深夜のアーケードや列車発着場を見下ろす窓なのだった。

「女性客専用階はこの先ですので。奥様は確かにお預かりします」「そんな馬鹿な」「夕食の予約は残念なことでしたが、簡単に包んだものを部屋までお届けするということで」といった押し問答ののち、狭い通路突き当たりの壁の一部めく扉の奥へ妻が押し込まれていくと――客室係の手によって、文字通り背を押され押し込まれたのだった――残った係員のひとりが扉を閉ざし、施錠こそなかったものの小さな椅子を脇に据えてどっかり座り込み、誰もここは通さないとばかりに私の視線を跳ね返すのだった。黄色い常夜灯に照らされたこの場の情景は妙に目の印象に残るもので、通路の床油の臭いや床板の軋み具合とともに今もはっきり記憶に残っている。

それから私の通された部屋もまた予想どおり相当に狭く、何よりここも格子天井が低くてほとんど頭を打ちそうなほどだった。この部屋で見聞した出来ごとについてもやはり語っておく必要があるだろう。――夕食代わりの食べ物とやらは待っても届かず、疲れが勝って早々に就寝したのだが、それほど眠ったとも思えないうちに目覚めたのは争いの気配によるものだった。壁際の寝台から少し起き上がれば窓のカーテン越しに外を眺めることができ、深夜の屋根つき駅舎構内を高所から広びろ見下ろす窓であることは先に確認済だったが、まったく人気のないその列車発着場のひとつで立会人なしの決闘が行なわれているのだった。わずかに照らされたふたつの影が大きく激しく動き回り、これは決闘だなと私は反射的に思ったのだが――得物は大振りのナイフらしく、そして見るからに圧倒的な技量の差がものを言い、決着はじきについた。要するに真夜中の中央駅舎はなかなか物騒な場所であった訳なのだが、そうするうちに敗者の上着の裾で刃をぬぐっていた男がとつぜん真っ向から顔をあげ、かなりの距離があったものの私の視線と存在にはっきり気づいたような素振りだった。ごく若い男であることのみ見て取れたが、このときのナイフ遣いの顔を私はこののち旅のあいだ数度にわたって目撃することになる。

「朝までぐっすり。寝過ごして申し訳なかったですわ」翌朝の妻はそのように言い、白い取り皿には生野菜と蜂蜜つきヨーグルト、果物ばかりが盛られ、お茶すら断って冷たいミルクなど飲んでいるので、私はどの話題からまず話し始めるべきか迷ってしまうのだった。

「あたし、ひとと向き合って食べるのは慣れていないんです」私の視線に気づいた妻はナフキンで口元を覆い、顔を少し赤らめた。「いつもひとりで——食事室は個室で、机は窓に向いてましたから。いつも山を眺めていましたの」

「寄宿舎暮らしのことは聞いていますよ」私は言った。「例のひとからね。個室とは」

「祈禱室の机を片付けて、食事もそこで。机の両側は壁で、つまり狭くて落ち着くんです。あたしは狭い場所が好き」

「結婚後はずいぶん違う生活になるわけだね。もう少しいろいろ食べたほうがいい」

妻の部屋にも夕食の包みとやらは届かなかったのか。席を立った妻が朝陽の届かない奥手のビュッフェに向かうのをぼんやり眺めて考えていると、隣席のひとり客の老婦人が待っていたように話しかけてきた。「妹さんはあたしの隣の部屋でしたのよ。ここまでいっしょに。かわいいひとですことね」

「妻です」私が言うと相手はうっすら微笑を浮かべた。「でもお顔がそっくり。よく似てらっしゃる」

「遠戚ですから。縁組とはそういうものでしょう」

「あたしはたぶん、あなたのお母様を存じてますよ。有名な旅行家でいらっしゃる。あなた、こうして見るとはっきり面影があるわ」

「母は亡くなりました。ずいぶん昔に」

奥手のビュッフェで悶着の様子があり、私はすぐさま席を立った。給仕に腕を摑まれた妻はぎゅっと固く目をつむり、眉を顰め、緘黙状態に陥った子どものように口の両端を下向きに押し下げていた。先に大量の小型パンをバッグの袋に落とし込んでいたことに加え、今度は巨大な棒パンの半切れを丸ごと持ち去ろうとして見咎められたようなのだった。固い表皮の隅に製作ナンバーの焼き印が押された平たい丸型パン、蠟紙で包んだ油揚げパン、爆ぜた焦げ目に干し果実の破片が混じる酵母パン、さまざまな意匠のパンをその後も妻の旅行鞄のなかで、あるいは人生の意外な局面において見出すことになる私であるのだが、上階の天井の低い客室へ戻ってみると——むろん荷物を取りに戻ったのだ——そこにも私を待ち受けるものがあった。不愛想な紙箱入りのパンとパテの詰め合わせ、ワインボトルがひっそりとサイドテーブルに届いており、そして私は別のこともまた密かに思い出していた。——たとえば母のこと、〈夜の宮殿〉のこと。

初秋の気候が進む様子は午前の駅舎内アーケードでもはっきりと感じられた。金文字入りのガラス窓が続く高級ブティックの並びを妻はこわごわ覗き込み、そして旅行者向きの店で秋の衣類を数枚買い足した。安価な模造毛皮の襟巻も気に入って購入したのだが、「これがあれば安心ですもの、たとえ朝晩寒くなっても」——紙袋を抱えて私の腕に片手を絡め、いかにも幸福そうに妻は言った。

記憶のこと。旅牛の通過。停車駅でもない場所で列車は止まったまままいつまでも動かず、あたりはとうに暮れ果てて、遠い日没のある暗色の平原であったとも思い出せないほどの闇夜の世界となっていた。客室の窓を両手で押し上げ身を乗り出しても、夜風のなかに湿った土と草の匂いが感じられるだけだ。

「旅牛が通過中です」と眠たげな車掌は繰り返し言い、長い緩やかなカーブの途中で停車した旅客列車の灯りの列のみが闇の世界に浮き立って眺められる。どこまでも長ながと、先細りの心ぼそい曲線となって。月のない闇夜だったが、遠くまぼろしのように線路を横切り通過していく黒い牛の群れを見たように思った。昼に婚礼の式を挙げたばかりの新妻は灯りの点ったコンパートメント内で毛布に包まり昏々と眠る。夢の膜に包まれ、体温のなかに自足して。——黒い牛の群れは黒い川が溢れるようにいつまでも線路を越え続け、その長い耳も曲がった角も夜のように真っ黒だ。

「このひとは、奥さんは明らかに素質がある。否、むしろ逸材というべきか」

「とすら思いますがね、私どもは」――そのように私の妻が夜の宮殿の降霊会で請け合われるに至った話。そのとき真っ暗な夜の芝地に射していた数知れぬほどの矩形の窓明かりのこと。今も変わらず毛布持参の芝地の観客たちのこと。舞踏団。美女の群れの背筋および僧帽筋。

混雑した連絡通路を歩きながら背後の妻へ何か呼びかけて、前に向き直ったとたんぎょっとするような美人と擦れ違ったのだった――旅の二日目の午後、走る高原列車のなかでのことだったと思う。瞼のふた皮が牛の目のように広い完璧に美しい顔、淡色の髪はぴったり撫でつけて、顔の造作のすべてを正面切って露わとした女客と至近距離で擦れ違い、思わず目で追いながら振り返るに至ったのだが、すると毛皮のコートをするりと脱いで裸の背中が現われる瞬間がちょうどそのときよく見えた。そして毛皮は大雑把に小脇に抱え、運動用の露出の多い稽古着と思しい後ろ姿となって美人は混雑に紛れていったが、何より目に残ったのはよく引き締まりつつ筋肉のくっきり隆起した背中の動きであって、半端な鍛錬でこうはならないだろうことは素人目にも明らかだった。

「――あたし子どものころ、伯母さまのところでお世話になっていたことがあるんですわ。短いあいだでしたけれど」

個室に戻ってから急にそのようなことを妻は言い出したのだったが、まとめた髪型はたまたま先ほどの女とよく似ており、ただし化粧気もあまりないその顔は淡彩でさっと描かれただけの未だ素地としての顔、と私には思われていた。ごく若い、子どもっぽいほど若いということも大きいのだろうが、こうなるといささか脱線気味ながら前日の登記所での結婚式のことなど思い出し、場所の性質上、その場が数多くの花嫁たちの品評会めく有り様となってしまうのはどうにも致しかたのないことなのだった。世の中には垢抜けた女もいるものだ、とつくづく感心しつつ観察することもまた私には面白いことだったのだ。――たとえば白いパンツにレースのトップスの肩あたりからふんわり半透明の白チュールのマントを豊かに垂らし、それがヴェール代わりという黒髪の洒落女もいれば、片や立体裁断の技術を極め、空っぽのドレスのみでも自立可能なのではと思われるデコラティブな純白衣装を着用した女などもいて、それらの女たちが順に呼び出されては登記台で結婚登記を行なうのだが、むろん傍らには夫となる男たちが存在するのだった。

白レースの紐がついた年代ものらしいヴェールに白ワンピースという姿で、旅行鞄に腰かけて登記所で私を待っていた妻、とはいささか出来すぎた光景だったろうか。仲介者との書面のやり取りを経て、婚約が成立したのちは尋常に文通なども行なったものだが、親しい知人で箱入りの妻がある日玄関先に届けられたと称する者もおり、私の婚姻などはきわめて常識的な部類であったと思う。

「きみの伯母といえば、私にとっても伯母だね」

「子どものころ、あなたに会っていませんでしたかしら。あたしが伯母さまの家にいたころに」

「母と伯母は不仲だったようだよ」と思い出して私は言った。車窓の光景は山の起伏の光景から徐々に街々が連なる様子となっており、長く帰省していない私の故郷である観光都市がそろそろ近いことを示すのだった。「――だから子どものころ、山の伯母の家へ行った覚えはないね。つまり母の存命中には、ということだが」

「伯母はあたしよりも団員の娘たちを優先しましたから」

「〈山の人魚団〉のことだね」伯母の主宰する小さな舞踏集団の名を私は言った。

「変わり者同士だったわけだ、あのふたりは」

「変わり者。そういうものでしょうか」

「母も息子より別のものを優先したのだった。だから死んだのだと思う」さらに私は言った。「伯母にしても似たようなものだろう。母の葬儀の折に――」

「でもあたし、つま先を頭より高く上げることができるのよ」

急に言うので妻の顔を見ると、眉根を深く寄せ、少しだけ黒目が内に寄っていた。

「――それは恐るべき光景だろうね」

「寄宿舎に体操室があって。仲間の子たちといつも柔軟体操をしていましたの」

妻は続けたが、口調にやや混乱があるようだった。「団のお姉さまがたは毛皮がお好きだったわ。伯母さまも」

「ほんものの毛皮がよければ、いずれ買ってあげるよ。狐か貂（テン）、大山猫も人気があるようだね」

私が考えていたのは勤め先の専門商社の主な扱い品である万能型録（カタログ）のことで、これはほぼあらゆる種類の商品に対応しているのだ。妻は膝に置いた毛足の短い模造毛皮の襟巻を撫でながら黙って何か考える様子だった。
紙箱入りのいささか味気ない乾燥気味のパンとパテとワインは車中のそれぞれの弁当となっており――結局のところ妻の部屋にもあとから届いていたのだ――そして私はむかし付き合った娘のことを、バスケット入りサンドウィッチと毛布持参でいっしょに夜の宮殿へ遊びに行ったことを久びさに思い出していた。そのとき特別な権利をもたらす籤に当たったことなどを。

「夜の宮殿へ遊びに行きたいわ。サンドウィッチのお弁当を持って、芝地に敷く毛布も忘れずにね」「とても大勢のひとがそこにいるそうよ」「運がよければパレードや花火が見られることも。宮殿を眺めながら、皆で夜明かしするの」

むかし付き合っていた娘はそのようにせがみ、そのとき私は長く思い出さなかった母のことを思い出したものだ。私の子どもの頃の記憶には空白があり、母がいついなくなったのか覚えていないのだった。この母についてはまた語ることもあると思うが、のちにかたちばかりの葬儀があって、とはいうものの海を越えて客死の報せがあったのみで遺骨すら戻ることはなかったのだ。――よもや新婚旅行の二日目に宿泊することになるとは思いもしなかった因縁の〈夜の宮殿〉であるのだが、むろんこれは通称であって、あらかじめ送付されていた旅程表では見慣れない宿泊施設名として記載されていたのだった。

それにしてもその夜のことは忘れられないが、とりわけ宮殿の降霊会で全員手を繋ぎテーブルを囲んでいた折のこと、隣の妻が見る見る空中に浮きあがりそのまま降りてこなくなったときはさすがに驚いたものだ。そのとき数多くの列柱越しには舞踏集団によるパフォーマンスの舞台があかあかと垣間見えており、屋外

# 『山の人魚と虚ろの王』初版・2刷限定特典案内

**山尾悠子新作『山の人魚と虚ろの王』、またこれまでに小社で刊行した著作『歪み真珠』、『ラピスラズリ』、『山尾悠子作品集成』、翻訳書『白い果実』(ジェフリー・フォード原作、山尾悠子／金原瑞人／谷垣暁美訳)を購読された方々に山尾悠子直筆サイン入り特製栞とポストカードセットを無料で差し上げます。**

**下記の方法でご応募ください。**

### 特典内容

直筆サイン入り特製栞＆山尾悠子選定による幻想絵画ポストカード２枚セット
ポストカードは全５種類からランダムに２枚を封入。
山尾悠子による選定コメント入り。
※サインは栞に入ります。
※ポストカードの絵柄はお選びいただけません。

### 応募方法

『山の人魚と虚ろの王』(初版、2刷のみ対象)、『歪み真珠』、『ラピスラズリ』、『山尾悠子作品集成』、『白い果実』の各巻の帯に刷り込まれている応募券を切り取り、郵便はがきに貼り「国書刊行会 営業部 山尾悠子係」へお送り下さい。

応募券１枚の場合は抽選、2枚の場合はもれなく上記特典をお届けいたします。

応募締切は2021年4月末日とします。締切後、1か月以内にお届けいたします。

周辺の暗い芝地という芝地は毛布を広げ夜明かしの体勢となった観光客でぎっしり埋め尽くされ、この光景は長い夜のあいだ目をやる先ざきにつねに万遍なく存在したのだった。——こうして思い出してみてもそれは狂騒的とも言える一夜であったような、妻とは宮殿内で何度もはぐれて探し回る羽目になったし、シャンデリアと鏡だらけの一角でナイフ投げの標的役となっていた姿を見た記憶さえあるのだが、さすがにこれはバールームで深酔いした挙句の私の妄想であったかもしれない。

そして時系列を少しだけ戻し、宵闇迫る宮殿内に入場する直前にもいろいろあったことについて。事務局の抽選会場でからからと回転機を回すたび、何度でも繰り返し転げ出た大当たりの赤玉のこと。揉めごとと紛糾。——当日の出来ごとを思い出せば、語るべきことはいくらでもあるのだが、しかしまずは午後の到着駅でわれわれが受け取った電報の束の件、そこから始めるのが順当かと思う。

電報とはむろん妻の女代理人からであり、しかるべき緊急の要件があったからに他ならなかった。が、駅舎に到着するなり案内所からの呼び出しを受け、赴いてみれば別件の面会者も待ち受けており、これは長く空き家となっている生家の管理人であったので不思議はなかったが、それより何か揉めている先客の二人連れが問題なのだった。「新婚特典があると聞いている。確かな筋から聞いたんだ」「式を挙げたばかりなんですからね、あたしたち。登記の証明書だってここにあるわよ」――そのように食い下がる旅行鞄持参の男女はわれわれが割り込みをするとでも思ったのか、敵意を込めて睨みつけてくるのだった。

「葬儀ハ明後日。速ヤカニ向カワレタシ。何でしょう、これ」電報の束から一通を開いた妻は言い、一方で生家の管理人はしきりに言い訳を繰り返していた。涙目となって弱よわしい態度をことさらに強調するのだが、この縁無し帽姿の老管理人に対して妻の女代理人は直接連絡を取っていたらしく、しかもかなり強硬な態度であったらしいのだった。

「何とか納得して頂くことはできましたが。とてもお泊まり頂ける状態ではないし、ましてや新婚のお宿としては」

「知らないところでそういう話をしていたとはね。今夜の宿はさいしょから決定済と思っていたよ」

「あら、おうちのほうには明日にでも立ち寄らせてもらうつもりでしたのよ」と妻が横から割り込んで、「たまには検分しておくものだと。でも明日でなく今日のうちがいいみたい。電報を見て下さいな」

「伯母ウエ逝去ニ伴ウ旅程変更ノ件」と私は一通の冒頭を読み上げた。「何のことだか」

「とにかく今夜の宿泊までは予定どおりで。そういうことかしら」

目を上げると案内所の外のひと通りに交じってぎょっとするような美人が通り

過ぎ、円錐の塔のように髪を結いあげた色白美人だったが、斑入りの毛皮のコートがよく目立ち、何かの目じるしのようにも思われた。「山の伯母はとうに亡くなって葬儀はせず、名を冠した舞踏団のみ活動を続けているそうだね。われわれには他に伯母がいただろうかね」

「とにかくまずあなたのおうちへ。必ず検分しておくようにと、＊＊が特に煩く言いますの」

縁無し帽の老管理人がひっ、と悲鳴のような声をあげ、さてはかれの息子か孫一家でも勝手に住み着いているのでは、とそのとき私は思ったものだ。そのとたん足元の何かに躓いて私はよろけ、隣の受付でずっと揉め続けていた男女がわざと旅行鞄を押しやってきたらしく、「縁故を持ち出すのはずるいよなあ」と男が聞こえよがしに嘯けば、女のほうは「それ、最低よね」と頷きつつ妻の模造毛皮の襟巻をじっと見つめ、ガムを吐き捨てるのだった。この二人とわれわれはむろんすぐに再会することになる。

秋風の吹き渡る午後遅くの高原都市の空にはいちめんの鰯雲が薄光り、それを私は走る車のフロントガラス越しに見ていた。観光地らしく賑わう駅近くに路上駐車していた老管理人の車を私が運転することになったのだが——古めの年式のごく平凡な中型乗用車だった——当人はあまりに動揺してほとんど足腰立たない状態なので致しかたがなく、後部座席へ押し込んだのちは何故か次第に口数が増していた。

「利権の問題が。何しろいろいろありまして。伯母うえの名を使用した追悼公演を団はずっと続けておる訳ですから」「重篤な病が発覚したと医師団から発表があって、数日と経たずに訃報が。葬儀もなく、ほんとうに死んだのかと世間では取り沙汰しておりますよね、今も変わりなく」「まったく伝説のひとでございますよ、伯母うえは」

それが私の生家の件と何の関係が、と質問しても返答はなく、いよいよ近づいてきたと思うころ、「お恨み申します」「このままずっと平穏に管理人を続けていたかった」――停車中の後部座席から老人は混雑した車道へ降りてしまい、ドアが閉まると信号が変わって発進するしかなかったが、「ライトつけて下さいな」助手席の妻が言い、渋滞気味の前方には意外な間近さに聳え立つ大観覧車の影絵が赤い空に透けていた。

「見て、夜の宮殿だわ」妻は興奮した声を上げたが、時間経過がどうも早過ぎるようにそのとき思えたことを覚えている。「大屋根のかたちも見えるわ。もうじき照明が入るのよ」

「――観覧車などあったかな」

「車はこのあたりに止めていけばよろしいですわ。歩いていきましょうよ」

「何か胡麻化されているような気がするが――」

「ひとがいっぱい。気をつけて下さいね」
宵闇の雑踏のなかで車を止めるとただちにひとの流れに呑まれ、再度の発進はもはや不可能であり、荷物のみ降ろしてわれわれは歩き出した。気温はますます低下して風がやや肌寒く、視界の街灯りは急速に増えつつあり、すべて観光客らしい大通りのひとの流れは大観覧車の聳える方向へと、混雑のあまり互いに押し合うようにゆるゆると動いていた。このようにして私は三度目に夜の宮殿へ行ったのだ。

夜の宮殿の印象。視覚の記憶。夜の宮殿内はぎらつく照明に満ち満ちて、ほとんど目が痛くなるような白黒市松格子の床の大広間に長い長いテーブルがある。

クロスを掛けたテーブルの最も遠い上座に女王らしき盛装の中年女が座り、給仕を受けながら食事をしている。丸ごとの魚をゼリー寄せの花野菜で覆ったもの、ほろほろと崩れる骨付き肉、汁気たっぷりの多重層パイ、嚙みちぎられ奥歯で磨り潰される細片や泡だつ汁は唇から溢れだし、顎へと垂れるかあるいは周辺のあらゆる部位へと派手に飛び散る。母に手を引かれた子どもである私はテーブルのもっとも下手の位置にいて、女王の様子をじっと観察している。極端に長いテーブルの中途あたりにもひとがいて、ぎざぎざの短髪で真っ青な顔の娘が座って目を伏せ俯いている。女王が山の伯母だとすれば、真っ青な顔の娘はげんざいの私の妻なのだろうか――それは少し違うのではないか、と子どもの私は密かに考えている。

母に渡されていた固い皮のパン。夜の宮殿への弁当として、ナフキンで固く包まれて。女王に見つからぬよう隠れて吸わぶって食べるので、固い皮のパンは端から私の唾液を吸ってすっかりほとびている。大広間に至るまでの通路の窓、あるいは広間の緞帳の隙間から時おり馬の首がぬっと出て、人語で何か声高に叫ぶ。

数多くの美しい顔のこと。〈山の人魚と虚ろの王〉。

そこだけ別次元の空間といった美しさの娘たちが互いに喋りながらぞろぞろと夜の宮殿事務局の明るい通路を通り過ぎていく。殺風景な抽選会場の室内からそれを見たのだが、波打ちガラス越しに多数動いていく人影が開け放しの扉口の空間でいきなり露わな現実の姿となり、再び波打ちガラス越しの曖昧な人影と化していく。一瞬ごとに変化する鮮やかな光景がそこにあった訳だが、毛皮の種類や髪の結いかたがさまざまであるのと同様、どれも完璧に整った白い顔にもそれぞれ差異があるようで、それを個性と呼ぶのだろうかと私はつまらぬ感慨に耽っていた。——屋外の暗く広大な芝地にぎっしり詰めかけつつある観光者たちの様子は到着時に瞥見したのみだったが、かつてじぶんもその場にいたことが否応なく思い出され、その折の同行者であった娘の様子もまた記憶の彼方より呼び覚まされるのだった。大きな魔法瓶入りのバスケットが重かったこと、当人は念願が叶った嬉しさに顔を紅潮させていたような、ごく平凡な娘であった覚えしかないのだが、さてげんざいの妻を振り返ればその点において決定的に大きな差異はないようにも思われて、いやいや相当に充分違うではないかと思い直すのだった。

追悼記念公演の件もすでに明らかとなっており、誰に聞かなくても多くの案内看板は嫌でも目に入り、演目および伯母の名の飾り文字は粒子の粗い舞踏者たちの全面画像上に白抜きで大きくあしらわれていた。事務局やら抽選会場というのはむろん夜の宮殿に付随する小さな建物で、ちょうどわれわれが屋内へ入ったとき宮殿の側に照明が入ったらしく、いったい何事かと思うような大歓声とどよめきが起きてあたりの空気はびりびりと震え、すでに点灯していた事務所内の天井電灯は息を引くようにいっしゅん薄暗くなった。「いいところを見逃してしまったな。小ずるい奴が遅れて来たせいだなあ」「抽選でごまかしがないか、よく見張らなくてはね」――聞こえよがしに言う者を見れば駅にいた二人連れで、その場にはすでにかなりの人数の宿泊予約者たちが集められており、部屋割り等の説明があるとのことだった。

「夕食は会場での立食式となります。バーはありますがレストランはございませんので」といった係員による説明が始まり、相当に空腹となっていた私はやや心もとない気分になった。昼食は例の紙箱入りの簡素なもので、まったく物足りなかったのだ。

「――以前にここへ来たとき建物内にも入ったけれど、レストランがあるような様子ではなかったね、確かに。バーは新しく出来たのだろうか」

「宿泊施設としてかなり改装されたらしいですわ」

規約の説明が続くあいだ私と妻は声を潜めて話していたが、

「お式が決まったとき、あたし真っ先に予約を入れてもらいましたのよ、＊＊に頼んで――以前にここへって、誰といらしたのかしら」

「母とだね」私は言い、それは確かに嘘ではなかった。

目を逸らせた拍子に廊下側の美人の集団の通過を目撃し、ついついつまらぬ考えに耽った訳だが、ところでこのときの妻の外見にまったく触れないのも片手落ちと思うので簡単に触れておくならば、前日からの七分袖の白ワンピースの上に購入したての薄色のカーディガンを着用し、模造毛皮の襟巻はすっかり気に入りとなったらしく、服装とは不釣り合いながら妻の一部となったように馴染んでいるようにも見えるのだった。

それでは抽選をと宣言があり、その場は俄かにざわめいて緊張感を孕んだが、私は電話の呼び出しを受けてその場を離れることになった。「眺めの悪いお部屋が当たったらごめんなさいね」と言い残して妻は抽選の回転機の行列に並び――呼び出しに気を取られ最後尾になったが――別室で私が電話に出ると相手は予想どおり妻の女代理人だった。他に心当たりなどなかったのだ。

「電報はお手元に届きましたか」と相手の話はそこから始まった。何度か電話で話し、たやすい相手でないことはわかっていた。

「何のことやら」取りあえず私は言った。「まえにも説明した気がするけれど、伯母とはずいぶん以前に疎遠となって。決別したといってもいいでしょう。訃報を耳にしたときもそのままになったし、連絡もありませんでしたね」

「大きな利権の絡むことですからね。とても大きな。たやすく相続を開始することも困難なほど――あたくしが後見するあの子にも深い関わりがあることですし。

とにかく明日は山のお屋敷のほうへお向かい下さいね。どうかよろしくお願い致しますわ」

「私の実家の管理人が逃走しましたよ。あの年寄りに何を言ったんですか」

「逃げたとは、なかなか目端の利くこと」低音気味の中年女の声で相手は続けた。「空き家のことでしたらご心配なく。誰か勝手に住み着いているようなことはございませんよ。実は確認済です」

「何でもよくご存じのようですね」

「夜中の中庭で決闘などなさいませんように。勝ち目はございませんよ」

こちらの脳内のどこかに直接囁きかけるようなことを言って電話は終わった。が、こまごました追加の質問はあとから思い浮かぶもので、たとえば今夜この場所での追悼公演というのは仕組まれたことなのか。沈黙した電話に片手を置いたまま考えていたとき、同じカウンター上に置かれた各種の案内チラシも目に入っており、山の人魚団公演のほかに降霊会の案内などもそのとき見ていた筈なのだが、抽選会場から伝わる不穏な気配のほうが先立つ問題だった。

部屋割りの抽選なるものは部屋によって極端に条件が違うことをもって行なわれる由であり、条件の差とは主に眺めの問題とのことだった。「回転機を傾けるのを見たわよ、確かに」と私の妻に食ってかかるのは例の新婚カップルの女のほうで、昼間とおなじ派手な帽子に幅広のパンツスーツ姿という恰好なのだが、妻はと見れば固く握った片手を胸元に当て、ぎゅっと目をつむり口の両端を下へ押し下げていた。

「新婚特典があると聞いたんだ。特別室を横取りされる謂われはないね」

「今日式を挙げたのよ。特典のために、わざわざそうしたんですからね」

係員にも食ってかかる二人へ声をかけながら私が近づいたとき、急に妻が身動きして回転機の天蓋を開き、手のなかの玉を落とし込んだ。それは赤い色の玉に見えたが、ががら取っ手を回すと下の口からぽろりと出てきたのは赤玉だった。

「――ほうら、いかさまの証拠よ」と少し息を呑んでから、パンツスーツの女は無体を言い出した。「残っているのはぜんぶ赤玉なのよね、きっと。裏取引でロイヤルスイート権をせしめたんだわ。その赤玉を寄越しなさいよ」

それから係員の制止を尻目に可笑しな展開となったのだが、妻は再び回転機の天窓に赤玉を落とし込み、ああっと悲鳴のような声を上げる女に対し黙って場所を譲った。相手はやけになったのかがらがら激しく回し、部屋割りのルールはどのようであるのか私にはわかりかねたが下の口からぽろりと白玉が出て、さらに男のほうも加わって転げ出す白玉の数はどんどん増え続けた。代わって妻が回すと一回転で赤玉が出て、それを元に戻して二回転させるとまた赤玉が出た。このあたりのことは私の記憶の改竄により少々大げさになっているかもしれないが、しかし妻が複数回赤玉を出したことは確かだったと思う。

「――あのおふたりが当てた部屋はですね」と、われわれを部屋まで案内する係員が道々こっそり洩らしたことはよく覚えている。「屋根裏部分の天井が急傾斜になっていて、その真下にクイーンサイズの寝台があるんです」「クイーンサイズより大きな寝台はありますの」と妻が尋ねると、「当館ではどの部屋の寝台もサイズ的には同じでございます。通称ロイヤルスイート、特別室についてはなかの部屋数が少し多いのと、風呂場は自慢の特別仕様ですので」

条件の違いは主に眺めの問題ではなかったのか。と思いつつも、前夜の駅舎ホテルでの案内ぶりとのたいへんな違いに思いを馳せる私なのだったが、それにしても当夜の特別待遇の宿泊場所を得たこと、それも抽選による大きな運の分かれ目を乗り越えて、という状況がこれほど気分よく爽快だとは思いがけないことだった。以前に毛布持参で宮殿に来たときは、芝地で夜明かしするつもりで籤に当たり、屋内の短時間の見学も許されたのだが、有頂天になって喜んでいたのは連れの娘だけだったように思い出された。

「でもね、幸運の回数は決まっていますのよ。そのように教わりましたから」

妻が言ったとき視界いっぱいに輝く夜の宮殿が、事務局からの屋根つき連絡通路の先という切り取られた眺めではあったが全館すでに照明に満ち満ちて、ぎらつく明るさを夜の全方位に向けて放射する玉ねぎドームつき巨大建造物の複雑な外観と内部の一部が、存在そのものがわれわれの真正面に出現したのだった——夢のように、夢のなかの出来ごとのように。内部の一部というのはいかにも夏の離宮といった設え(しつら)で壁のない吹き抜け構造が多いため、外部からでも多くの列柱越しにかなりの内奥部までよく見通せることを言うのだが、名高いシャンデリア群を始めとする内部照明の多さ明るさから奥の奥までどこまでも微細詳細にピントが合って眺められるような、これぞ目の欲望の源。記憶と妄想の我が宮殿であったのだ。——四方の暗い芝地を埋め尽くす群衆すべての視線をわが身一身に集め、長い夜を籠めて一瞬も眠ることなく。

外気の気温はかなり下がっていたが夜風の動きはわずかであり、何より刈られた芝の匂いと湿っぽい夜の匂いが濃かった。建造物の土台および床面は周囲の芝地とほぼおなじ平面上にあり、芝地の観光者たちのなかでも最前列で毛布を広げた者たちは激しい明るさをまともに浴びつつ手を伸ばし、冷ややかな宮殿内の床に直接触れることも可能である。われわれの夕刻到着の折には未だ点灯まえであったため、建物の一部が視界にあっても存在感の主張はなかったものと思われた。

今はあかあかと照明に満ち、徐々に近づきつつ眺めれば内部に小さく活発に動く者たちの存在があり、舞踏のパフォーマンスはすでに始まっているようでもあった。連絡通路の天井にも催しを告げる布の垂れ幕が下がっており、真下を泳ぐように通過しながら妻はそれを見上げ、声に出して文字を読んだ。

「山の人魚と虚ろの王。団の代表作ですの、昔からのね」やや素っ気なく妻は言った。

長かったその夜のある時点での一場面。私と妻は夜の芝地にいて、広げた毛布にふたりで横たわり、鋭く刈られた芝の凹凸を感じつつ宮殿内部で繰り広げられる舞踏の舞台を眺めていた。暗く広大な芝地にはどこまでも隙なくぎっしりひとがいて、誰もがただ横たわるか弁当をつまむかしており、前後左右も皆が男女の二人連ればかりであって、われわれがどうやって真っ只中のこの場所まで来ることができたのか見当もつかなかった。片肘をついた私に背を預けた妻はすっかりくつろいだ様子で、ずっと持ち歩いている革のバッグを枕代わりにしているのだったが、一心に舞台に見入る様子だった。

多くの柱が並ぶ明るく広い場所でいかにも楽しげに快調に踊りまくる人物がいて、どうやら足を得た山の人魚が王宮の舞踏会で踊る場面であるらしかった。手振りの品（しな）よさ愛嬌のよさ、きびきび繋げて決まるポーズの緩急が目に快く、立体フリルの重層でぎっしり中身の埋まった長いスカート部はくるくる大きく膨れ、何より堅固なコルセットのようなボディスから剝きだされた肌の肉感が目の楽しみとなった。乳房の肉に喰い込み不自然に圧し潰すきわどい衣装はどれほど激しく動いてもずれるということがなく、肩紐なしで剝きだされた背中や腕は滑らかな肌の下に筋肉の動きを湛えているのだが、ただし私にはヒールのあるストラップつきの舞踏靴もたいへん気になるものだった。採寸仕立て以外にあり得ない一点ものの舞台衣装と違い、舞踏靴のほうは万能型録（カタログ）にも掲載のある型番つき商品のように見えたのだ。

それから私は眠ってしまい、やがて目覚めると毛布のうえに妻の姿はなく、手洗いにでも立ったのかと見渡すと誰かこちらを目指して登ってくるらしい者があった。芝が見えないほど敷き詰められた毛布や横たわった観光者たちを踏まぬよう、誰かの足を跨いだり躓いたりさんざん苦労する様子だったが、改めて眺めてみればすべての暗い芝地は低地の底の宮殿に向けてわずかだけ傾斜しているらしく、あかあかと明るい宮殿内では相変わらずストーリーのよくわからない舞台が続いていた。剣劇場面らしく、よく見れば男の踊り手と男装の踊り手が本身と思しい大振りのナイフで渡りあっているのだった。

「伝令です」と近くまで来た男は大声で言い、ナフキンのような布で包まれたものを渡してこようとするので、私は反射的にナフキンで包んだ固い皮のパンを思い出した。「伝令、有名な伝令です。お役に立ちます」——受け取ったそれは布をめくると女ものの靴の片方で、しかもストラップつきの舞踏靴とわかり、そして小太り気味の男は息を切らせながら続けて言うのだった。「同じ型番の新品をお望みです。あなたにお渡しすればわかると」

「しかしどうして私がわかったのかね」「認証とキーを胸に下げてらっしゃるではないですか。特別室の風呂はどうでした」と、小太り男は心なしか唇の端を歪める笑いかたをした。

私はずっと暗い場所にいたせいか、そのとき闇酔いしたように頭がぼうっとしていた。眠くてたまらず、ずっと夢のなかにいるような夜であるには違いなく、問題の風呂場ならばすでに実地検分した覚えがあるのだったが、さらに思い返せば誰もいない立食会場に妻とふたりで立ち寄った記憶なども確かにあるのだった。目に蘇るイメージがあり、派手な総大理石の浴槽のイメージもいっしゅん閃いたものの、代わってシャンデリアが微かに揺れる夜の宮殿内奥部での印象的な光景がくっきりと脳裏に顕ち現われるのだった。

「――」

「――ここなら知っている。来たことがある」

舞踏公演の続く表側エリアを過ぎ、奥まったエリアの立食会場らしき場所まで来てそのように私は言ったのだが、その場の天井はひどく高くて複数の巨大シャンデリアが白く冷たく発光し、しかもそのひとつは何故かごく微かに振り子のように揺れており、光景のぜんたいにニュアンスを付けているのだった。反射のぎらつきの感じられる床は鮮やかな白黒市松格子で、その中央部に極端な長さのテーブルがあり、白いクロスのうえには未だ手つかずの料理のトレイが所狭しと並んでいた。ざっと見ても多種のハムや冷肉の切れを整列させたトレイの数々や赤と黄色と緑のパプリカで照りをつけた大型のミートローフ、冷製パスタのサラダに魚貝入りの冷たい米料理、野菜のテリーヌ等々、いかにも夏の離宮らしい献立が多めに感じられ、林立する壜や霜のついたピッチャーのあいだには丸ごとの魚をゼリー寄せの茹で卵で覆った大皿なども見受けられた。妻はといえば、固いシユーをピラミッド型に飴で固めたデザートの様子に関心を持つ様子だった。

「まだ誰も来ていないのね。勝手に食べてはいけないのかしら――まあ、声がすごく反響するわ」

「ここは外から見えないんだね」と私は四方を見渡したが、ひとこと毎にわんわんと声が反響することは確かで、白い巨大シャンデリアのひとつは相変わらずはるか頭上で微かにゆっくり揺れ続けていた。四方の壁のない部分では列柱越しに吹き抜けの明るい部屋部屋が遠くへ続くのみで、外部の夜の芝地と観衆の光景はまったくどこにも見えなかった。案内人とは何故か早々にはぐれてしまい、われわれは旅行鞄を引きながら宿泊棟をめざしここまで来たのだったが、胸に下げる認証とキー、案内図はそれぞれに渡されており――昨晩の宿とは違い、キーは二本同一のものだった――取りあえずの不都合はないのだった。しかしそれにしても、どう見てもこの場所はむかし母に手を引かれて入った大広間そのものであり、こうして実在することがかえって不審であり不思議に感じられるのだった。以前につきあった娘と見学した折には、有名なシャンデリアの名をひとつひとつ確認しながら案内図に従って各所を回ったものだが、しかしこの場所には来なかったとそのとき私は密かに思い出していた。

霜のついたピッチャーには香草入りの食前酒と思しい緑の液が満たされ、細いグラスに注ぎ分けられたものがすでに多数用意されていた。ひとつを取って私は飲んでみたが、思いがけず強烈なアニスの香とともに酒精（スピリッツ）の塊がかっと喉を焼き、胃の腑へ熱く落ちていくのが感じられた。どくんと動悸がして頭上の真っ白い巨大シャンデリアの存在が二重三重にぶれる感覚があり、さては食前酒ではなかったかと思いつつ二杯目に手を出したのだが、アニスだけでない強烈な薬臭さと濃厚な甘さが妙に癖になり、気づけばグラスを重ね飲み続けていたのだった。

冷えびえと虚ろで物音が大きく反響するこのような場所でいったい何をしている

のかと意識の外で感じつつ、オリーヴや鰊（ニシン）の身などのつまみものも目立たない程度に食べ散らかしたようで、砕氷に囲まれた季節外れの生牡蠣などもそのとき確かに見た覚えがあった。――むかしこの場でナフキンに包まれた固い皮のパンを吸わぶって食べた記憶があるが、少なくともそれは母の許可の元に行なったことだった。もしや許可なしの飲食は禁忌（タブー）とされる空間であって、われわれはその禁忌に触れることになったのでは、とずっと後年になって私は思い返すことになるのだが、そのとき妻もまた指先に付着した飴を密かに舐めていたのだった。

遠くに係員のものらしき人声が聞こえ、宿泊者たち全員にいったんの入室を促して呼ばわる様子だったので、われわれは中途半端にその場を後にしたが、さいごに振り向いてみれば巨大シャンデリアのひとつはやはり微妙に揺れ動いており、長テーブルと白黒市松格子の床の光景にニュアンスを与えているのだった。

どくんと動悸がして二重の像が生まれ、さんざん食べ散らかされた後刻の長テーブルの最奥手に誰かがいる、顔は暗い影となっているがそれは女でなく男である、そのような光景を私は見たように思った。場の特異性という点に関して夜の宮殿内の他のあらゆる場所と何ら変わりはなかったのだ。やがて濡れタオルが山積みとなる総大理石の風呂場にしても——

夜の宮殿における記憶の小景のひとつ。深夜過ぎのバーでの一場。たとえばシャンデリアの猿のこと。「何しろシャンデリアに猿は付きものだからねえ」と山の伯母に扮した女優ならぬ女舞踏手は言う。少しだけ年配で、非常に美人というわけではないが指先の表情は冷酷なまでに優美だ。皺(しわ)深く髪が豊かで金口のタバコを吸う。「猿の種類っていったい何でしょう、小さくて白い猿とか」「ああ、猿はじっさいにいなくてもいいの」と質問に対して面倒そうに眉根を寄せ、灰皿に吸いさしのタバコがあるのに新しい一本を卓上ライターで吸い付けたりする。「非在の猿ってことね。シャンデリアに飛びついて揺らすだけの存在。長い鎖で吊られて、ゆったり振り子のように揺れるシャンデリア、あたしはネックレスみたいなタイプのシャンデリアがいちばん好き」「ネックレス」「そうねえ、ごつごつした枝燭台みたいなのじゃなくて。ダイヤみたいなクリスタルガラスが長く連なって、それがたくさん束になって。白い炎の滝みたいになった船底型のシャンデリア」

夜の宮殿の気配そのものが真っ白いシャンデリアめがけて軽やかに片手で飛びつき、ゆったりした揺れをそこにもたらす。姿は誰も見ないが、きらめくクリスタルガラス片の連なりから垂れる尻尾の影を目撃することもある。あるいは舞台装置としての多数の巨大シャンデリアを言うならば、虚空の滑車の働きによりしずしずと一方向へ移動していくことがある。舞台の床には淡い影が散り敷くように交錯する。足を頭より高く上げることのできる軟体の女たちが輝くシャンデリアの底から片手片足で吊り下がり、長いスカートの裾は力を失った扇のように真下へ垂れ下がる。

宿泊棟内の階段下には簡易テーブルの受付が設けられ、数人の係員が待ち受けていた。私と妻は抽選会場から真っ先に出発してそこまで誰にも会わなかったが、他の多人数の宿泊者たちは集団で別ルートを来たらしく、立食会場にも立ち寄らず早く到着してすでに上階へ向かい始めるところだった。受付は単なる到着確認で、われわれの特別室が一階であるのはかなり意外に思えたものだが、階段を上っていく者たちは振り向いて羨望の目を向けてくるのだった。

「明日の朝食会場はテラス席になります。それまでどうぞご自由に——舞踏公演は休憩を挟みながら早朝の部まで続きますし、立食会場の場所などはおわかりですね」

「あら、バーで降霊会ですって。今夜よ」と妻は受付テーブルのチラシを手に取った。そこへ何故だかはぐれてしまったさいしょの案内人が息せき切ってやって来て、妻宛の速達を手渡してきたが、むろん旅程変更となった明日のチケットなのだった。妻宛となっているのは別の同封物のためらしく、確認して何故か頬を染める様子があった。

そして振り向いたとたん私は誰かと衝突しそうになり、相手は遅れていま到着したらしい例のふたり組なのだったが、派手なパンツスーツの女は上着を脱いでタンクトップ姿となっており、妻が手にした文書を指で押さえると「あら、子ども権が当たってるじゃないの。この時節、運がいいことね」と親しげに力いっぱい私の肩を叩いてくるのだった。——それから私と妻が向かった特別室の入り口とその周辺はどことなく宴会場のそれを思わせるようで、入室後の様子も立派で高級であるのはたいへん結構なのだが、どう見ても二人で泊まるには無駄に部屋数が多かった。応接室風のいかにも宮殿という調度の部屋もあったが、家具もなく窓もなく、いかにも控えの間といった小部屋が多いのだった。

「——これが風呂場ね」と初めて妻が嬉しそうに言い、夜の窓外は緑の植え込みの内庭という広びろした浴室へわれわれは来ていた。壁面の灯りをつけると二方向のガラス窓以外はすべて総大理石という豪華さで、しかも特別な産地の石なのか、模様の網目がくどいほど濃くて存在感のある石なのだった。巨大な浴槽部分とその周辺はもちろんのこと、灯りの装飾の多い洗面台の側も段差つきの床面もすべてが濃い網目入りの大理石、という派手やかさはむろん初めて見るもので、

「でもバスタブだけはホーローか何かだわ」と妻は金いろの大きくて立派なカランに触れた。さらに鏡に顔を映してタオルや香り石鹸等を点検する様子だったが、別方向のドアを少し押して向こうを覗き込むと、ここまで引いてきた旅行鞄と共にじぶんだけ入っていくのだった。

「着替えようと思いますの」

振り向いて言う妻の唇の両端が下へ押し下がるので、私はその場に留まったが、少しだけ見えた部屋は広い寝室らしく、薄暗がりに寝台のほんの一部分が見えていた。ドアが閉じると私は再び夜のガラスの投影に満ちた浴室内を眺めまわすしかなく、特に理由もなく戸外の緑の植え込みへと目をやった。遊歩道沿いに小さな足元灯が点々と灯っており、高い生垣が夜の内庭を囲っているのだが、すると驚いたことに遊歩道に見知らぬ男女の観光客が現われ、明るい浴室内の私を見るといかにも嬉しげに手を振ってくるのだった。カメラまで向けてくるので、私は仰天して手で遮りながら逃げ出したが、寝室へでなく、もと来たドアへ行ったのは成り行きというものだった。別室の小さなシャワールームがあることにはそのとき気づき、窓はないので安心して使用できるとは言うものの、プライベートの内庭に出入りする扉がきっと開け放しになっているのだろう、電話で苦情を言わねばと思ううち、応接室風の部屋の方角で微かに電話が鳴るのがわかった。

「葬儀は明後日。ですから、必ず明日のうちに山のお屋敷へ到着していなければね。相続が始まるのですよ、いよいよ」

妻の女代理人の声は低音ながら、どこか高揚感のある口調で喋った。抽選場の近くで聞いたばかりだと思いつつ、何か進展があった口ぶりだと私は思った。

――そのとき窓のない閉め切った応接室は古い家具だらけで薄暗く、電話機は隣接の明るい予備室にあったのだが、私は電話を受けながら敷居に立って応接室側の暗くて高い天井を見ていた。よく見ればもやもやした筆致の雲と青空、人物と花園などの彩色画が描かれているらしく、室内には歴然たる淀んだ年月と埃の臭いもあり、この種の古色蒼然たる天井画は夜の宮殿内で何度も見た、と目の記憶が蘇っていた。

「――いよいよ時が来たのですわ。長年あの子に目をかけて面倒を見てきた甲斐があったというもの。こうなれば存分に戦わせて頂きますよ、あたくしとしても」――女代理人の声は耳元でくどくど言い続け、そして私はとつぜん凍り付くように怖くなったのだが、暗く閉ざされた年代物の部屋部屋の真っ只中にたったひとりでいるのだと意識され、いつまでも着替えが終わらない妻はどうなったのか、寝室は無人となっているのでは、と急につよく感じられたのだった。すると応接室の扉が音をたてて開き、現われた妻の全身を呑み込むように強烈な色つき光線が怒濤のように室内へ射し込んできた。後ろ手に妻が扉を閉めると瞬時にそれは消え、私は相当にぎょっとしたのだが、「――あのですね、子どもの件だけはくれぐれもよろしくお願いしますわよ」耳元で不明瞭な声は切れぎれに喋っていた。「相続に深刻な影響が。それから夜中の中庭だけはご覧にならないほうが」「ずいぶん直截なことを仰いますね」面倒になり私は受話器を戻した。

「食事に参りましょう。それともあたしの鞄にパンとワインの残りがあるので、それを召し上がりますか」妻は初めて見る灰色の制服めいたワンピースにカーディガンを合わせており、式場からずっと着ていた七分袖の白ワンピースよりも季節に合っていると私は思った。ずっと持ち歩いている革のバッグと模造毛皮の襟巻を片腕にかけたまま、「旅行鞄は寝室に置いてきましたわ。パンはそのなかに。戻りますか」「外の眺めはどうだったね。特別室というからには素晴らしい眺めの筈だが」「カーテンが閉じていましたけれど、外は石のテラスのようでしたわ」と妻は唇だけで微笑んだ。「戻ってご覧になりますか。寝室へ」

抱き寄せ接吻するべきかと感じたが、部屋のしんねりした湿気と埃の臭いがあまりにひどく、亡霊じみた妻の様子に恐れをなした私はその背に手を添えて、外へと促すに留めたのだった――そして何といっても空腹だったのだ。緑酒とともにつまんだオリーヴや鰊の味が未だ口中に残っていたが、かえって空腹はいや増していたのだった。「あたしは狭い場所が好き」身長差のかなりある妻は私の脇口あたりで言い、そして先ほどの強烈な光線について問いただすのを私はすっかり忘れてしまったのだが、この種の迂闊さ、鈍感さは当時の私には珍しくもないことだったのだ。

到着受付のあった階段下には誰もおらず、段の上り口あたりに例のふたり組が壁に凭れて立っており、いかにも待っていたような様子なのだった。

「あたしたち、先ほどは舞踏団を揶揄(からか)っていたので遅れたんですよ」

「そうそう、実に面白かった」

ふたり組は着替えを済ませており、リゾート風の遊び着であることには変わりなく、男は半パンツに革サンダル、髪の長い女はシャツの裾を大きく結んだパンツスタイルだった。寒くないのかと内心で思ったが、冷え込んでいく秋の夜の宮殿内で半袖でもいっこうに気にならない様子だった。

当たった上階の部屋の様子について、「屋根窓がえらく入り組んでまして」とP＊＊と名乗った男もその派手な妻も口を濁すように言い、われわれは四人で立食会場へ向かって歩いていたのだが、行きと違って他の宿泊客たちの歩く姿が各所に見受けられ、場所によっては暗い芝地の観衆の様子も——多数の列柱越し隔壁越しながら——横長の大きな構図で広く見通すことができた。「去年の夏はあたしたちもあのなかにいたんですよ。毛布を広げてアルコール持参で、暗がりで気持ちよく寝そべって」「だけど途中でけっこう寝てしまったかなあ。居心地いいんだよね、あの大混雑の芝地でおおぜい一緒に夜明かしするのは」「時どき目が覚めると、籤に当たったひとたちが夢のように明るい宮殿内を動き回るのが見えて。いつかぜったい籤に当たってやる、もしくは宿泊権を獲得してやろうと思ったんですよ、そのときに」

Pとその妻は快調に喋り続け、初対面での態度や口ぶりからすればずいぶん変わったものだと思わざるを得なかったが、その夜の出来ごと全般を思い出せば、このあたりがもっとも平穏な展開の時間帯であったかもしれない。「先輩は」とPはこっそり私のことを呼んで、「嫁の躾がいいですね。いろいろ教えて下さい」——いつの間にか女たちは先を歩いており、妙に熱心に話し込んでいるように見えたのだったが、やがてどういう話になったのか急ぎ足でどこかを目指す様子になった。見れば屋内のずっと前方にひときわ眩い明るさがあり、しかもその空中を横切るように飛行する曲芸師のような姿があるので私はまたしてもぎょっとしたのだが、気づかぬうちに立食会場とは別エリアの舞踏公演会場の方向へ来ていたのだった。音楽が鳴っている、と急に意識されたのもこのときだったと思う。「中庭みたいな場所があるんですよ、すぐそのあたりに」とPは嬉しげに言い、そして先に立って進みながら私を手招きするのだった。「けっこう広くて地下一階くらいの深さになってましてね、だからたとえば外の芝地からはぜったい見通せないですね。その場所でね、もう面白いったら」

幽玄な曲調の音楽は今や屋内のみならずおそらく野外の空間をも支配する音量でもって鳴り響いており、公演エリアいっぱい水平に飛び回る多人数の踊り手たちについては皆がワイヤーで吊られていることが見てよくわかった。滑車を使った滑らかな動きで部屋から部屋へ、数多のシャンデリアの脇腹や底なども掠めつつ、よく見れば群舞のポーズを波のように次つぎと連鎖させ展開させているのだった――あたかも満ち欠けする月の位相のように。舞台とほぼひと連なりと感じられる野外の群衆の様子もまた部分的ながら多方向に見渡され、他の団員たちや裏方たちはどのスペースにいるのかわかりかねたが、ともあれ少し奥まっているとはいえこの場にわれわれが踏み込んでいいものかと私は内心怯(ひる)むところがあった。しかしずっと先を行く三人はすでに目的の場所まで到達したらしく――私は遠くから観察したのみだったが――何やら柱構造から柱構造へと長く渡された立派な石造の手摺があり、それが矩形となってかなりの空間を囲んでいるように見受けられる場所なのだった。空間の明るさはそのあたりだけ妙に蒼褪めて見え、上方の天井と屋根部分はこの箇所だけ欠落して吹き抜けとなっているような気配もあった。そして青い空間の底で手摺越しに何か覗き込むらしい三人は互いに笑いあう様子もあり、何かがそこに存在するにしてもそれが何であるのか、むろんこの時点で私にわかることなど何もなかった。

そしてPが遠くから私を振り向いて、「ほらほら中庭。中庭ですよ」「可笑しいったら。せんぱい面白いですよ、ほらほらあ」――かなりの大音量の舞台音楽に野放図な大声が入り混じり、どくんと動悸がして私の目のまえは二重にぶれた。

記憶によればそれはそのようであったのだが、いきなり眼前に再現されたのは前夜の駅舎ホテルで目撃した決闘騒ぎの場面であり、それを私は天井の低い自室の寝台で起き上がって見下ろしていた。見ていたのはじぶんひとりだとばかり思い込んでいたが、視覚の記憶によれば列車の発着場を挟んだ向かいにも客室棟は存在し、その高い窓のひとつに私と同じく妻がいて、深夜の決闘騒ぎを見下ろしていたのだった。いかにも寄宿生くさい夜着を着て、解いた頭髪を肩の片側で緩く束ねて前へと長く垂らして——私が未だ見たことのないそのような姿であのナイフ遣いの巧みな決闘ぶりを見つめていたのかと思えばかっと血が上るのだった。「朝までぐっすり」などと素知らぬ振りをして、と思ったときには私は動きだし、妻を奪還すべく速足となっていた。見れば私の妻はすでに正体不明の地階への段を降りかけており——謎の手摺の途切れ目に下りの階段が存在したのだ——その様子を大笑いして見下ろす派手なリゾート着のP夫婦はといえば、青い空間の底に混じる色濃い舞台照明の煽りやら地階側からのつよい照射のため、影も濃く混沌と道化じみて奇妙な姿となっていた。「ほらほら、可笑しいなあ」「せんぱい見えますか、あれですよあれ」

深夜の決闘を見下ろしたときのように見下ろせば、明るい石造の奇妙な中庭空間には何故か駅舎ホームによくあるような照明灯が立っており、しかもその傍らにはあの小太りの伝令がいて、大振りのナイフ片手に滑稽なひとり芝居を演じているのだった。いやしかし、この男にさいしょに出会うのは野外の芝地ではなかったかと混乱しつつ私は目を逸らすことができず、すると小太り男は私と私の妻に気づいたらしく、ことさらに露骨で卑猥な身振りを交えつつナイフの切っ先で私を指し、次いでじしんの足元を大げさに指してみせるのだった。馬鹿にしきったにやにや笑いと共に——さすがに慌てて引き止める妻と私は階段部で揉みあいになり、そののち気づくとPとその妻を盛大に突き飛ばすなどしながらわれわれは外へ、野外の芝地を自然にめざしていたようだった。白い動悸は稲妻のように頻繁に打ち続け、公演中の舞台エリアも派手に通過したような覚えがあり、それから夜の芝と毛布を踏みながら暗い人ごみを掻き分けて進んだこと、照明でいっぱいの大観覧車を一瞬だけ斜め上方に見上げたこと——そして昏々とひたすら眠り続け、再び芝地で目覚めると妻はやはりいないままで、しかし私の手のなかには布包みがあり、開いて確かめずとも感触でストラップつきの舞踏靴の片方とはっきりわかるのだった。

——特別室の宴会場めいた正面ドアの鍵を私ひとりで開けたとき、奥で電話が鳴りだすのがわかった。またしても妻の女代理人かと私は思い、あの天井画のある応接室の控えの間の電話だろうと思ったものの、しかしそこまでひとりで入っていくことはそのとき何とも気が重かった。電話は遠くで鳴り続け、もしも妻がいるなら応対する筈だとしばらく待ってみたが変化はなく、やがて電話は沈黙したのちまたしても鳴り始めるのだった。

そっと覗き込むと空気の澱んだ奥手はただ暗く、私はやはり恐怖心があってあの控えの間までひとりで入っていくことは何とも出来かねた。さらには妻がここにいないとわかれば入室の理由もなく、執拗な電話の呼び出し音はそのままに再びドアを閉じ、施錠したのだった。――深夜のバーカウンターの隅で電話が鳴り出したとき思い出したのはそのことで、あれはもしや妻が私に掛けてきた電話だったのでは、と急に思い当たったのだった。

「虚ろの王はね、衣装だけの存在でその役の踊り手はいないの。でも他に、機械仕掛けで少し動く個体もあるのよ」――舞台衣装に細い毛皮を巻いた若い女団員は私に向かって言うような別の誰かに向かって言うような、不思議なもの言いをした。「ワイヤーで中身のない衣装が吊られていたのがね、あれが〈月の位相と虚ろの王〉のパートだったの。そういうこと」

そして私は思い出したのだったが、吊られた踊り手たちに交じって巨大サイズのフードつきマントが白いシャンデリアの脇を掠めるように移動していくのを見た覚えは確かにあるのだった。——夜の宮殿内のバーと称する場所は金縁の格天井に青空と雲の彩色画があしらわれた一画にあり、見るからに年代物のカウンターや酒棚等を導入して新たに設置したものらしく、しかも周辺よりも床がかなり低い位置にあるので野外から見通すことはできないようだった。バーテンダーは不在で若い女客がカウンター内で氷の世話などしており、これもまた露出の多い衣装に毛皮を巻いた舞踏団の団員なのだった。

「新品の靴は山の本部のほうへ。必ず葬儀に間に合わせて欲しいのですとさ」と髪の豊かな年配の女団員は言い、しかしいかにも気のない口ぶりで、依頼主本人でないことは明らかだった。客でいっぱいのテーブル席にはどう見ても立食会場から移動してきたとしか思えない料理の皿が入り乱れており、「あの子はねえ、狭い場所に置くべきだとせんせいがね。それで寄宿学校へやることになったのよ、確かね」と真っ赤なシロップ漬けの実を赤い液に沈めたショットグラスのつまみを弄り(いじ)ながら年配の女団員は言った。舞踏靴の注文者はコルセットのような衣装で乳房を圧し潰していたあの踊り手で、出番の終わった本人はどうやら先に出立したらしく、私には何が何やらわかりかねたが髪の豊かな年配の女団員あたりとは「ダンスの種類がちがう」のであるらしかった。「あの子はいろいろ引き寄せる子だから。もう大概わかっているだろうけれど」と立ち上がり際に相手はぐっと私に顔を寄せてきたが、頬の皺は肉に切れ込むほど深くて化粧の縒(よ)れと油浮きがあり、豊かで長くちりちりした髪が生暖かく私の顔を撫で、喋るとき幾分かの口臭が感じられた。

バーカウンターの電話が鳴り続けるので受話器を取ると妻が出た。

「あら。あたしのこと探してらっしゃったかしら」

「そうだね、かなり。あちこちできみの噂を聞いたよ」

「ふふ、少しは社交してましたから。お食事は済まされましたか」

「立食会場は行ったとき遅すぎて、もうクローズだったね。残りものがぜんぶバーに来ているが、ほんとうに残りものばかりだね」

「明日の予定ですけれど」と妻は口調を変えて、「途中の乗り換えでけっこう時間が空きますの。ちょうど昼どきなので、昼食とそれから買い物もその街で済ませればいいのではないかしら。買い物って喪服のことですけれど」

「私はわざわざ着替えるつもりはないね。きみだけ買えばいい」

目のまえでは休憩時間が終わったらしい舞踏団の女たちがぞろぞろと立って退

出していき、急に閑散としたバーの奥手には降霊会の最中らしき小さな集団が残されていた。よく見ればテーブルを囲んで全員で手を繋ぎあっているのだが、Pとその妻も交じっており、そしてふたりのあいだに挟まれているのはどう見ても私の妻なのだった。模造毛皮の襟巻をつけ、隣のふたりとそれぞれテーブル上で手を繋ぎあって——耳に押し当てた受話器の奥では妻の声が喋っていて、「あの大理石のお風呂ですけれどね、いちどにお湯を使い過ぎると水になってしまうのですって。どうしましょう」「いまどこにいるのかね」と私は遮り、疑問を投げかけた。「誰とどこにいるのか。言えないいんじゃないのかね」「あら、お部屋ですわ。お風呂の様子を見てましたの」妻の声は言った。「あなたはバーにいらっしゃるのではと思って電話しましたのよ」——ならばあの応接室の明るい控えの間で電話しているのか、暗い天井画へ目をやっているのだろうかと光景を思い出すうち、電話する妻を後ろから誰かが抱きすくめる様子がありありと目に浮かび、

「――あたしこれからそちらへ参りましょうか」「そこで待ちなさい。五分で戻る」と私は電話を切った。

さてそして、ここにいる妻をこれから部屋へ連れ帰ったとしてどうなるものか。と躊躇(ためら)われたのは当然のことで、しかしそれにしても朝に駅舎ホテルを出立してからすでに日付が変わるほどの時間が経過していたのだった。三度目に夜の宮殿を訪れて宿泊するという滅多とない一日であるにしても、もう充分ではないのか、余興の降霊会など何の意味があるのかと私は言いたかったのだった。――電話の脇に置いていた布包みが弾みで床に落ち、拾い上げようとしたとき頭上に異変が感じられ、サーチライトのような一瞬の激しい光芒が天井付近を舐めるのがわかった。「おお」と集団の嘆声があがり、見れば何やら私の妻のみが集団の輪から浮き上がっていたのだが、それより妻の左右で手を繋いだままのPとその妻の間抜けな驚き顔のほうがずっと印象に残るものだった。驚きつつも繋いだ手を自ら離すことはできず、椅子からかなり浮き上がった妻を左右から仰け反るように見上げる状態だったのだ。

「あらあなた、面白いですわ」

それがこちらの妻の私への第一声で、その状況には気づかぬこととしておいて私としても緊急に確かめておかねばならぬことがあり、「部屋から電話してきたかね。明日の喪服がどうとか」「ええ、五分で戻るって。でもいつまでたってもお戻りではなかったから」と小声でやり取りするにもまず近寄らねばならず、妻は椅子の座面に立ってから私の手を借りて床へ降りた。「伯母さまをお呼びしようとしたところだったのよ。あたしどうしたのでしょうね――」「すぐ着席を。中断することはたいへん危険です」と主催者らしき人物の咎める発言があって、不本意ながら私も着席することとなったのだが、隣へずれたPが私の片手を生暖かく握りながら「せんぱい、嫁の躾が良すぎるんじゃないですか」と小声で囁きかけてくるのは気分のいいことではまったくなかった。

野外では何か催しがあるようで、全体に薄暗いバースペースの背の高い天井部分にはサーチライトめく強力な光芒が頻繁に流れ込んでいた。青空に白雲を配した古めかしい色彩画がそのたび照らし出され、夜の宮殿内の天井画にこの種のモチーフが頻出するのは不思議なような似つかわしいような、奇妙な思いがされたものだった。「それではもう一度。〈山の人魚〉こと尊敬すべきご婦人へ」「一同より、誠意をもって呼びかけましょう」——そのように低めの声を張る主催者たちはそこそこ年配の男ふたり組で、強いて興奮を抑え平静さを保つ様子もありありと感じられたのだが、兄弟かと思われる相似形の容貌だった。それが怪しげなウィジャボードなども置かれたテーブルの向かい側におり、他の参加者たちは宿泊の抽選会や受付で見かけた顔ばかりであって、私の妻を挟んで反対側にいるPの妻はといえば、珍しく俯き加減で大人しげな態度なのだった——これは私に対して悪びれる理由があったためだと、後で判明するのだが。

「そしてわれわれのなかより代表して、特に呼びかける者は」と年配の霊媒師のひとりが言いかけて、急に慌てたように口調を変えた。「名前を。名前が必要です」「必要なんですよ、若い奥さん」「――トマジ」と隣の妻が答え、口の両端が下へ押し下がるのが見なくても感じられた。

「トマジ。偶然ですな、私の妻の名もトマジですよ」

「私の妻の姪にもおりますね。よくある名だ、善良なるトマジたち」

それぞれが何を思ったのか妙に場違いなことを言い出し、と同時に私の右手は激しく引っ張られ、それはPの妻の側も同じだったのだろうが、その勢いは思わずこちらの腰が動くほどだった。左右でわれわれと繋いだ手でもって妻は辛うじてそれ以上の浮上を抑制されており、座った姿勢のまま再び優に一メートルは浮き上がっているのだった。――そして誰も気づかないのが不思議なのだったが、われわれのまっすぐ頭上、天井から長く鎖で吊り下げられた白い小型シャンデリアの底から女の脚が、それも舞踏靴を履いた足がいっぽんだけ垂れ下がっており、他にも旅行用スーツに手袋を嵌めた片腕が輝く側面に見えていた。ただし眩い逆光となったそれらは直接視線を向けても見ることができるとは限らず、焦点を少しずらせた視界内にのみ存在するらしいのだった。

周囲では「おお」としきりに嘆声が上がり続け、真下の角度から仰ぎ見た妻の奇妙な顔はやはり目をぎゅっとつむり、口の両端をきっぱり下へ押し下げていた。眉根を寄せ、鼻の穴の片方から少量の白くもやもやしたものが出てくるのが見分けられ、そして焦点のぼやけた白いシャンデリアの表面には垂れ下がる女の脚があり、旅行鞄を持ったスーツの片腕などもどう見てもやはり存在するのだった。

――特別室の扉を内から閉ざし、真っ暗ななかで妻を抱き寄せ接吻したものの
どこに唇があるのかよくわからず、かなり命中率の低い接吻となったのは致しか
たのないことだった。壁のスイッチを探り当てると常夜灯のみ点り、われわれは
奥へと進んだが、応接室あたりですでに激しい光芒の一部が外部より漏れ込んで
いたので恐怖を感じる余地はなかった。
「熱いお湯はもう出ませんのよ。ごめんなさいね」
妻は言うのだったが、総大理石の豪華な風呂場に関しては確かに相当に悲惨な
有り様となっていた。じっとり湿気に満ちた浴室内の床には使用済みの濡れタオ
ルが山積みとなり、浴用の香料やらさまざま重層的な匂いが籠っていたし、二方
向の内庭に面した全面ガラスは水滴ですっかり曇り、指や手の跡も多かった。換
気のつもりか一箇所が少し開いており、庭から直接出入りした痕跡はその他にも

あからさまだった。P夫婦はもう一度野外へ出るとのことでバーの外で別れたが、そのとき他の宿泊客からも私は小腰をかがめるように挨拶をされた。「お風呂良かったです」と言われても返答に困るのだった。

そこだけホーローの浴槽に残る湯垢や髪の毛も問題ながら、しかし今や何かが弾けるような電子音とともに浴室ぜんたいを染め上げている極彩色の電光こそが真の問題なのであって、しかもそれは何らかの巨大な模様を描きつつ目まぐるしい速度で変化し続けているのだった。ライトアップもしくはプロジェクションマッピングなどとPたちは言っていたが、舞踏公演エリアとは別区画でも催しは種々あるらしく、昔はごく穏当に花火とパレードだったものだがと私は思い出していた。——そして次は順番としてどうしても寝室へと移動せざるを得ず、他になすすべもなく私は妻とともに扉を押し開けたのだが、ひろびろ開けた石のテラスに面した寝室は中央に優雅な天蓋付きの寝台を持ち、あたかも光彩に満ち満ちた夢のなかの舞台のようだった。激しく動き回る電光はどうやら山の人魚舞踏団公演の映像を電子的に処理したもののようで、ベッドよりも巨大サイズの美しい顔などにわれわれも目が眩んでいたが、テラスの外はすなわちゆるい傾斜地となった深夜の芝地であり、広げた毛布と不眠の観衆の顔の蝟集と見開いたその視線とでどこまでも果てなく目路の限りに埋めつくされていることに変わりはないのだった。

電飾の集合体と化した夜の宮殿を眺めながら夜の芝地で眠り、多くの夢を見た。シャンデリアのひとつがゆっくり揺れる市松格子の広間で、食べ尽くされた長テーブルの突端に誰かが座っている。巨大な大理石の女神像を擁する奥の広間に今回は出会わなかったこと。芝地の雑踏のなかには案内のペンライトを翳す伝令の小太り男がいて、私の妻をどこかへ連れ去るところだ。――げんざいの妻は私に背を預け、安心しきったように眠るが、夢のなかではナイフ投げの標的役を演じている。夢は互いに混じりあい、周囲の似たような男女たちの夢と混じりあい、すべての観衆、すべての観光者たちの巨大な夢と混じりあう。

旅の三日目、われわれは午前の列車でP夫婦と同行することになった。途中の乗り換え駅までのことだったが、前夜一睡もしていないというよれよれのポロシャツ姿のPは座席に沈むなり爆睡し、私の妻はPの妻とふたりでずっと何か熱心に喋っていた。前日にも話し込む様子を見たと思い出し、私も眠くてたまらず鬱々と車窓の光景を眺めていたが、思い出すことは他にも大量にあって半睡の夢と混じりあうのだった。――たとえば戸外の朝食会場に集まった宿泊者たちの誰もが極度に眠たげで、しらじらと気抜けしたように口数も少なかったこと。事務所棟に近いテラス席での朝食メニューは各種のハム類など、やはり昨晩の立食会場で見たものが幾らか重複していた。それから部屋へ行くと風呂場の湯が復活しており、私は急遽シャワールームを使い、妻は大理石風呂の湯に浸かったこと――未使用のタオルはストック棚に見つかり、私は妻が髪を解き流すところを初めて見たのだった。早朝公演を終えた舞踏団は早々に大型車で出発したらしく、駅舎では霊媒師のふたり組がわれわれを待ち構えていたが、しきりに押し付けてくる連絡先の名刺については妻も固辞したものだった。

Pの妻は前日に見たパンツスーツにややまともな纏め髪をバレッタで止め、私の妻はワンピースに襟巻のほかその日は格子柄のジャケットを合わせており、長く編んだ髪を頭に巻き付けるヘアスタイルと相俟って、どこか旅装の母を思い出させた。

「――そういう絵を見たことがあるわ。寄宿舎の図書室で見たんですけど」妻のそのような話し声が聞こえたとき、「ああ、ロセッティよね」Pの妻が事もなげに返答するのが耳に入った。「彼らは如何にしてじぶんじしんと出会ったか。それがタイトル。夜の森で、恋びと同士の男女がうりふたつの男女に出会うの。互いに驚きあって、片方の娘は両手を相手に差し出しながら、気絶しかけているのよね。これは露骨な分身テーマだけど、そもそも二重の反復というモチーフを好んだ画家だったのよ」

「よくご存じだわ」と妻は感心し、どうやら夜の宮殿の有名な言い伝えから話題が派生したようなのだった。

「こう見えて修士課程まで行ったのよね、途中までだけど」Pの妻が得意げに言うと、「嫁は教養があるんですよ」と急に目覚めたPが口を挟んでまた寝てしまい、さらに妻たちふたりは仲良さげにひそひそと話を続け、見ると膝のうえで互いに手を握りあっているのだった。

ついに乗り換え駅が近づき別れのときが来て、「せんぱい」とPもまた妙に熱っぽく私の手を握ってきたが、やはり気持ちのよいこととは言いかねた。「さよなら妹。また会うわ」Pの妻は言い、その首に抱きついて私の妻はしばらく離れようとしなかった。――列車が遠ざかってからも真面目に静かに泣いているので、私は少々妬けるような気分になったものだ。傾斜の多い石造りの街は鄙びた観光地のようだったが、小さめの駅舎にアーケードはなく、われわれは荷物を預けて食事と買い物に出かけることにした。駅の案内所の類を見かけるたび、電話もしくは電報の呼び出しを受けるのではと身構えるのだったが、幸い妻の女代理人はこの日に関しては静かな動静を保っていたようだった。

良さそうな外見の料理店に目星をつけて、先に婦人服店へ入ったのだが、妻が妙に支払いに拘ることはこのときはっきりとした。前日も中央駅舎のアーケードでじぶんの財布から支払ったのだが、今回も喪服の代金の支払いを夫の私が引き受けることを頑なに拒むのだった。「帰ってからよく話をしよう」と私は話を収めたが、港の見える借家であるげんざいの住まいに妻を迎えること、さらには生家の管理人のことなども思い出し、明日の葬儀とやらで旅が終わってからも生活は続くのだと改めて思ったものだった。

そしてもうひとつ。妻が試着するあいだ私は特に意味もなく鄙びた陳列棚など眺めて歩いたのだが、狭い通路を奥へ奥へと歩くうち色とりどりの舞台衣装としか見えないものをぎっしり吊り並べた一画に出て、靴棚には問題の舞踏靴の在庫もあったのだった。型番のみならずサイズの合致する箱も見つかり、まるで宝探しのような廃盤品や売れ残りの在庫が多く眠っている店だからこそあり得たことのようだった。

街は秋の気配が濃く、夜の宮殿とはまた違った季節の深まりがあった。夜の宮殿では野外の芝地でも風がなく、あまりのひとの多さに夜間でも寒さを感じないようなところがあったが――Pたちと同様、半袖で平気そうな観光者を多く見かけたものだ――傾斜と風のある石造りの街では広葉樹の豊かな紅葉があり、料理店の二階の窓からもなかなか風情のある景観が見られたのだった。

その窓外にわれわれは妙なものを見ることになるのだが、ちょうどこんがりソテーした丸ごとの川魚にホウレン草と揚げた芋の付け合わせというメインのひと皿が来たところで、バターと大蒜と香草の風味づけは常道ながら魚は季節のもののようだった。たまたまビュッフェ形式の食事が続いたので、テーブルでじっくり落ち着いて対面するのはほぼ初めてのようにも思われ、いくぶん緊張したのを覚えている。あの駅舎ホテルでの朝食では、と私は言いかけてやめ、不都合な騒動を思い出したためだったが、「――しかしたいへんな夜だったね」そう言い直したとき、風向きが変わったのか何か窓を打つものがあった。

　窓外では褪せた赤に紅葉した枝々の群がりとスレート葺きの多くの屋根と石壁の家々が複雑に入り組んで、それに料理店の石畳の庭も見えていたが、どさ、と再び風より重い何かが窓ガラスを打ち、一瞬の半透明の影が宙をよぎった。

「溝にたくさん、何かいたんです」「え」「側溝というのかしら。坂道の端にありましたでしょう、水が溜まって流れていて。そのなかにいたんです」

　妻は眉を顰めて表情が固く、千切った黒パンもナイフとフォークで身を解(ほぐ)しつつあった魚もそのままに両手を止めていた。「ほとんど透明なので見えにくいんですわ。水中で群生するか風に乗って飛ばされていくか、どちらかなのでしょう、きっと」

「何だか怖いことを言うね」

「よくあることなのではないかしら。あたしは寄宿学校の狭いところにずっとおりましたけれど、何となくわかるんです」

小さな怪物が世に放たれることになるのか。ふとそう思い、すると窓際の幾つか先の席で声があがり、皿を手にして立ち上がる客たちの姿が見えた。ぞろぞろ別テーブルへ移動し始めたのだが、「臭い」と声が聞こえるのだった。と見るうちいきなり間近に衝撃があり、われわれの席の窓が急に翳った、というのは黄土色の汚泥と粘液がガラス面上に噴出し花開いたからで、何かが衝突してそこで潰れたらしいのだった。

「山が見えるわ」と妻が言い出したのはよりによってこのタイミングのことで、遠い目で微妙な表情だったように記憶する。しかし硫黄臭ともいうべき悪臭はひどく、皿を持って席を立ちながら私も戸外へ目をやれば、確かに黒い山は遠くそこに見えていた――午後に向けて傾きつつある高原地帯の希薄な陽射しに濾され、街並みの稜線の彼方に孤立して。それまで気づかなかったのも不思議だったが、旅の最終の目的地、山の屋敷があるのは間違いなくその方角であり、しかしそこだけ黒い山はどうにも不自然な様子に見えた。どこがどうとも言いかねるのだったが、かたちなどもどこかぎごちなく、印象としてそのように感じられたのだ。

午後の鉄路の旅のあいだもそれは車窓にずっと姿を見せていた。次第次第に近づき、山であるにせよやはり真っ黒で、かたちもどこか不自然なままで。目を背けるようにしてわれわれは途切れ途切れに話しあい、あるいはそれぞれの思いに耽り、眠って夢を見た。側溝と風のなかにいたのは何であったのか、駅舎への帰路で騒然と風の騒ぐ広い道筋に出て、何か大量に弾みながら傾斜を転げ落ちていくものの気配を感じ、すぐには道を渡りかねたこと――うっかり踏み込めば靴で潰して黄色い汚泥と粘液に塗れることになる、そのように感じられたから。

料理店の二階窓から見下ろした石畳の庭で、モップとバケツで掃除する店の者がいたこと。盆を手にそこを通りかかった給仕の姿があの小太りの伝令そっくりで、気づくと妻もその給仕へじっと視線を向けていたこと。

手提げの紙袋と紙箱とで二重に包装された妻の喪服のこと。

夕暮れの景色がとっぷり暮れても列車は止まったまま動き出さず、いつの間に停車したのか妻も私も気づかなかったのだが、やがて暗闇のなかを車掌が来て「旅牛の通過です」とわれわれに告げた。

深夜の到着駅は駅舎でなく、見たところ冷えびえとした巨大建造物の一部であるように思われた。無人の列車は私と妻だけを降ろして闇へと消えていき、見上げるとほとんど灯りもない建造物の背後にはさらに高だかと聳える山の急斜面があった。それはどう見てもぎざぎざの機械めく真っ黒な外見を持ち、多重の各階層にぎっしり細かい通風孔らしきものが並んでいたり、針のようなアームを突き出すやらサーチライト状の細かいひかりと煙を噴出させるやら、それらのあらゆるごたついた細部の集積として真っ黒な機械の山は山として存在するのであるらしかった――夜のどこかに月があるのか、山の端を微かに照らされながら。

そしてわれわれの立つプラットホームを入り口とする巨大建造物のほうはといえば、まずは冷えびえとした石の集積であると見え、何より壮大な前面部から急傾斜の屋根部分に至るまでの全面に及び大量の刳りぬき部とそのなかに収められた彫像が並んでいた。等身大もしくはそれ以上と思われる立像の群れには無言の威圧感があり、私と妻との存在がいかに小さなものであるかを知らしめるに充分な効力を持っていた。これらはやはり月に照らされ影も黒ぐろと濃いのだったが、肝心の入り口がどこにあるのかさっぱりわからず、すると壁面の一部としか見えなかった小さな扉が開き、黄色い灯りが外へ漏れ出してきた。

「お恨み申しますよ。お陰でこのようなことに」と蠟燭の火を掲げて言うのは私の生家の管理人であった老人で、頭巾つきのマントなど着用しているのですぐにはそれとわからなかった。「ずいぶんと遅いご到着で。とにかくご案内致しましょう」――それぞれの旅行鞄と手提げの紙袋を数多く抱えたわれわれは従うしかなく、記憶にある山の屋敷とはずいぶん違うと思うものの、これも仕方のないことだった。狭い入り口の斜め上方にも刳りぬき部の彫像が並んでおり、もっとも近くのひとつに目をやれば戦神(いくさ)らしい堂々たる女の立像が兜を目深に下げて顔の上半分を隠していた。

「孫がおりましてね」と蠟燭を持つ老人は繰り言のように言うのだったが、進んでいく場所がどうにも暗く、しかも音の反響具合から恐ろしく広い空間の底を歩いているようだった。床は石であったり床板であったりまちまちで、段差も多いのでふたつの旅行鞄を私が持ち、妻は紙の手提げ袋をすべて持つようにしたのだが、顔を見ると口の端が下へ下がる寸前のように見えた。――「これがどうにもならん奴で、さんざん手を焼かされたものでしたが。何しろすぐ刃傷沙汰に及ぶので」「その孫をあの家に住まわせていたのかね」私が言うと、「いやまさか」老人は激しく動揺して蠟燭を取り落としかけ、すると階段部の柱からはるかに遠い弓形天井らしき場所にかけて大きく火影が乱れ動いた。「――あの女の言うことなど。あれはまったく信用ならん女ですぞ。とにかく今日のところはここでお休み頂くしか」

われわれがその夜を過ごすことになる場所にはじき到着したが、例えるならば聖堂か僧院の内部に存在する翼廊といった趣の何もない闇の空間だった。ぼんやり遠く存在の感じられる垂直の壁の圧迫感もあり、特に暗黒でしかない頭上の様子などはいったいどれほど高さがあるのか、重く湿った空気がどんより流動する気配のみ感じられた。案内の老人が蠟燭の火で指し示す方向にはしらじらと冷徹にベッドメイクされた一台の寝台があり、それは前夜の特別室にあった天蓋つき寝台にも勝る巨大さを持っていたものの、どう見ても闇に浮かぶ絶海の孤島としか見えなかった。

「風呂はもう火を落としたので。どうしてもというならこのずっと地下にあることはありますが、たいそう遠いですよ」老人は谺の返る声でそのように言い、その日は朝風呂を使ったことでもありそれはよいこととして、妻は困った様子で手洗いの場所を尋ねた。「そこ」と老人は寝台の下を指し、火を移した大型蠟燭を枕側の小柱に立てると小腰をかがめ、早くも立ち去る体勢となるのだった。「客の出迎えで今日はもうくたびれ果てて――年寄りだというのに、こんなところまで来てこんな目に――」「孫は夜の宮殿で伝令役を務めているのかね」さいごに私は問いかけてみたが、闇の彼方へと老人の姿は呑み込まれたあとだった。

寝台の下には蓋つき容器が発見され、それは幸いにも左右の両側にひとつずつあった。蠟燭の揺らめく炎がひとつあるきりの深い闇のなかで、妻は私の視線を避けるように背を向けて服を脱ぎ、いかにも寒そうにそそくさと寝具のあいだへ潜った。周囲に重々しく滞留する埃の臭い、恐怖を呼び覚ます臭いはやはりあの特別室を思い出させるものであり、それからわれわれはかなりのあいだ熱心に縺れあっていたが、事が成し遂げられたようには少しも思われなかった。恐怖は背中に張りつき、何かの通り道にベッドを据えて寝ているような空恐ろしさに終始気もそぞろであったと記憶している。「あたしは狭い場所が好き」――やがて眠りかけた耳に妻が言うのが聞こえたように思ったが、それはただ淡々と事実を述べたに過ぎないようだった。

それから私は夢を見て、駅舎ホテルの究極の狭小サイズだったバスルームで再び窮屈な思いをしていた。確かに狭いと思いつつ屋外ではまたしても決闘騒ぎの最中らしく、女客専用階の高窓では寄宿生の少女たちが鈴生りになって見下ろしており、どれが髪を解いた妻なのか見分けもつかないのだった。巧みなナイフ遣いである殺人常習者の少年はそのとき細身の若々しい顔だったが、今や少し年長の小太り男となり、私を見上げペンライトでじぶんの足元を大げさに指し示してみせるのだった。馬鹿にしきった薄ら笑いを浮かべ、闘技場さながらの真っ黒い機械の中庭で――

――そして旅のさいごの朝、目覚めると寝台の遠い隅には旅装の若い母がひっそりと腰かけていた。ひと目見ればそれが誰なのかわかるのは当然として、その母のウールのスーツの格子柄といい色目といい、愛用の皮手袋や羽根つきの奇妙な中折れ帽といい確実に目の記憶にあるもので、ここに至ればわれわれの旅ももう終わりに近いのだった。旅の終わりとは、たとえば私の妻が虚ろの王といっしょにいたこと、それから放火と大火だろうか――だがしかし、ここはいったん母の元に戻るべきだろう。

巨大寝台の周辺にはそれを朝と呼べるのか疑わしいような曖昧な薄明るさと薄

暗さが瀰漫しており、「老けたわね」というのが母の私に対する第一声だった。確かに生前から母は私にさほど興味がなかったのかもしれないが、しかしこちらとしては母の不在を大きな闇として抱えてきた自覚があるのであって、それに比べればとうに別家庭を持って口だけ煩く出してくる父などはまったくどうでもよかったのだ。

「まあね、山の人魚の葬儀となれば来ないわけには」と若々しい母はやや言い訳めく口調で言い、「妻を紹介しますよ。結婚したんです」私は言ったが広大な寝台のどこにも妻はおらず、近くの床には婦人服店の紙箱や包みの薄紙が散らばる様子があった。慌ててじぶんも身支度しつつようやく周囲の状況も目に入ってきたのだが、はるか上方から斜めに明るさの射すその場はやはりどこか奥へ奥へと続いていく垂直の石壁に挟まれた空間であるようだった。このような場所で一夜を過ごしたのかと私は感慨に耽りつつベッドの端から母が立ち上がるのを手伝ったが、さすが亡者だけあって母は動きに不自由さがあるようだった。ただしそのとき紛れもない母の匂いが――残り香のように一瞬だけ――強烈に嗅ぎ取られ、そのため私は非常に参った気分になった。それは記憶の中枢を直撃する母なるものの匂いであり、あるいは気の迷いに過ぎなかったのかもしれないが、すべて嘘くさい夢の世界の出来事でも当面受け入れてやってよいと思えたほどなのだった。

そして歩き出すと歩き方を思い出したらしい母は次第に闊達になり、口数も増えていた。「誰だか迎えが来てお前の嫁は行ってしまったのよ。誰なのかしら、あれはなかなかの奴だったわ。あたしのことは見えなかったのか、挨拶はなかったわね」「葬儀ともなればいろいろ忙しいんでしょう」と私は適当に話を合わせ、見れば巨大建造物の中枢とはこのようなものだろうかと思えるような奥まった場所まで来ているのだった。ぐるりと手摺の渡った高所から見下ろせば段々の各層に多人数の蠢く様子を見渡せるという立地の場所で、しばらく前からひとのざわめきは耳に伝わってきていたのだが、この場では明瞭に反響音に満ちた賑わいとなっていた。集まりに赴いたとき誰もがするように私は知った顔を探して視線を彷徨わせ、山の人魚団の派手な面々はすぐ目につくことになったが、髪の豊かな年配の女団員や見覚えのある美人たちが何やら立ち動きながら盛んに飲み食いするところが垣間見え、「葬儀などというものはいつもこうしたものよ」と傍らの母は言うのだった。「埋葬さえ済めば、あとは飲んだり食べたり喋ったり。あたしは長居はしないつもりですからね」「とにかく妻を紹介しますから」私は焦って言ったが、頭巾つきのマントを着用した例の老人などは小さく目についたものの、私の妻はやはりどこにも見当たらないのだった。

「今さら葬儀に拘るとはね。あのひとらしいと思うけれど」「あなたの葬儀はなかった。後に残された者は割り切れない思いがするものですよ」――思わず私が言うと、「あたしは氷を割って進む船にも乗船したし、断崖に張りついて強風に耐える都市も見た」母は言うのだった。「それは地の果てにあって、自動的に上下の方向へ生成する驚異的な都市だったわ。あるいは別のよく栄えた都市で、世界と同じ広がりを持つ地下図書館に数日だけ滞在を許されたものよ。盲目の図書館長には会えなかったけれど。舞踏ですって。骨と肉の痙攣に過ぎないわ」「ひとのからだはそれ自体がひとつの世界、宇宙でありましょう。そのようにあのかたは仰ったものですわ」

髪の豊かな年配の女団員が口を挟んできたが、われわれは階と階を繋ぐ段を幾つも降りて立食会場まで来ていたのだった。葬儀では親しい参列者が手料理を持ち寄るものだが、この場では夜の宮殿に存在した料理の大皿が多く見出され、香草を沈めた緑の液体のピッチャーもまた寒そうな白い霜に覆われていた。口中に薬臭い甘さが再現され、ふと見れば婦人服店の特徴のある紙袋が傍らにひとつあり、なかの紙箱には舞踏靴の型番の印字が認められた。

「あなたがたふたりの諍いがこの世界を罅割れさせたのでは」

「あたしとあのひとのことかしら。単に気が合わなかっただけのことよ」

「闘争は酸鼻をきわめ、果てることがなかった」と髪の豊かな女団員は赤いショットグラスを母の前へ押しやって、「そのように聞き及びますが」

応酬に耳をそよがせながら、私は母の手に引かれ夜の宮殿へ行ったことを再び思い出していた。シャンデリアのひとつがゆっくり揺れる市松格子の床の広間には冠(ティアラ)をつけた女王がいて、私は安全な母の背に隠れ固い皮のパンを少しずつ吸わぶって食べていた。女たちの諍いにより狂気の馬の首が突き出てくるのを見たような記憶もあり、すると視界の隅で光るものが動くのが感じられ、手摺越しに見下ろしてみると問題の小太り男がペンライトで私に合図を送っているのだった。かなりの距離があったが舞踏靴の件を思わせる手振りをするので要件はすぐわかり、ただしペンライトでじぶんの足元を大げさに指してみせるのが気に喰わず、振り向いて母を見るとちょうどショットグラスを口へ運ぶところだった。深紅の球形の実と少量の赤い液体を仰向いて母はひと息に口中へ落とし込み、「さてどこへ行ったでしょう」と私に向けて赤く染まった舌を突き出した。

「やめて下さいよ」と私は初めてまともに母の顔を直視したが、若々しい亡者の肌は白墨の白さであり、両の目は業火を底に沈めた黒い泉のようだった。ここまで支えて歩くのに衣服の中身はどことなく空洞であったような覚えもあって、とにかく妻を探すため私は席を立ったが、口中の薬臭さと強烈な甘さは増すばかりで、アルコール度数の高い緑の秘薬を飲んだかのように広い場内の光景は大きく大きく回転するのだった。

それから私が見聞したこと、われわれの身に起きたことはおよそ次のようだった。

場内のごたついた人ごみがさっと左右に割れ、物々しく入場してきたのは妻の女代理人と思しい黒衣の中年女および私の妻、さらには黒服の男たち数人という集団であったのだが、広い場内の別の場所では何やら巨大な彫像を搬入する騒動も起きており、事態は混乱を深めているとも言えた。「代理人を。しかるべき代理人を」と要求して呼ばわる妻の女代理人の声が聞こえ、妻は私に気づいたらしく少し蒼褪めたような顔を遠くから向けてきた。意外に奥が深かった婦人服店で妻が選んだのは生地もどっしりとして一部に光沢のある高級品の黒ドレスで、喪服でなくそのような品を選んだこともまた意外だったのだが、着用したところを眺めれば若く細身の姿と仕立てのよいドレスの品格との相乗効果で印象が一新されているのは驚くべきことだった。——妻がそれなりに良い家柄の出自であることをそのとき改めて私は思い出し、かなり年齢差のある私との婚姻を本心でどう思っているのかふと疑問に思ったものだった。

そしてこちらも高級品と思しい黒のアンサンブル姿の女代理人は私を見たのか微妙な態度で顔の角度を背け、このとき私は小太り男がいた筈の階下の広いフロアまで降りていたのだが、気づいてみると妻が私の腕に手をかけるところだった。急ぎ足でやって来たようで、間近に向き合ってみれば若々しく生えたなりの眉の濃さも変わりなく、立派な黒ドレスには不似合いな模造毛皮の襟巻をつけた私の妻なのだった。

「あのね。ほんとうのことを言いましょうか」あたりの喧騒を気にしつつ妻は声を低めて私に言った。

「ああ、そう願いたいね」

「列車の事故がありましたの。あなたは重傷を負い、意識不明なのですわ」

「どの時点で」私は尋ねたが、子どものころ読んだ本のなかの出来事のようだと思われたのだった。「さいしょの日、それとも二日目か三日目かな」

「さあ、それはあたしにはわかりかねますわ」

「言われてみればずっと食事をしていない。電話や電報も受けなくなった」気づいて私は言った。「事故で死んでしまったのではないかね。そんな気もしてきた」

「死者は接吻などしません。あなたはあたしに接吻したわ、いちどだけ」

そこで私は妻を捕えようとしたが艶やかなドレスの生地の感触を残して妻は逃れ去り、ぼやけた遠景のなかにはずっと踊り狂う一団がいたのだが、急に背中にぶつかられたかと思うと渦巻くひとの大きな動きに私は呑み込まれていた。見上げるほどの石膏の白さの彫像は多数の綱をつけて曳かれてくる巨大な裸足の足首であり、悪趣味にも棺桶を模したかたちの台座に据えられたそれはすなわち舞踏家のデスマスクということのようだった。再び激しく回転するものにぶつかられ、汗ばみながら私の前に回り込んできたのは先に乳房の肉を圧し潰していたあの華やかな踊り手だった。息を弾ませ二重の虹彩を持つ目を輝かせ、「あらこれね。嬉しいわ。裸足で踊るひとたちとは違うのよ、あたしは」と私の手から手提げの紙袋を受け取ったが、勢いでよろめきかけるのを後ろから小太り男がすばやく支え、すなわち胸開きの広い黒の衣装越しに両の乳房を鷲摑みしているのだった。「あらよしてね」と華やかな踊り手は軽く振り払い、腰に付けた蝦蟇口型のバッグから代金の紙幣と小銭を取り出すので私は自然に受け取ったが、何か重要な行為であるようにそのとき何故か思われた。「ちなみに私のことを何やら過大に考えてらっしゃるようですが」と小太り男も横から口を挟んできて、「昔の杵柄のことなどもう忘れましたよ。今はすっかり真面目なものです」「ナイフさばきは見事なものだったが」と私は言った。「決闘の趣味はなくしたのかね」「私などとてもとても。何しろ虚ろの王には誰も敵いませんや」——妙なことを言いながら小太り男は唇の端を歪めて薄笑いを浮かべ、跪（ひざまず）いて薄紙を剝いだ舞踏靴を一足ずつ女の足に履かせるのだった。

「舞踏家に平たい大足はおりませんね。たとえば鳥の肢のように綺麗な甲高で、纏まりのよい足であるとかですね」と誰かわからない者が声高に喋っており、白い彫像としての巨大な裸足の足首は多数の綱を纏わらせたまま場内の中央にあって、渦の攪拌力の中心となっているように見えた。母と妻を引き合わせることがこの場の唯一の目的であり、それ以外はどうでもいいのだと思いつつ呆然と私は立ち尽くし、さらに高く見上げればどうやらこの場は真っ黒な機械の山の内側であるらしく、円形の各階は細かい明かり取りを奥に並べつつそれぞれ別個の動きできりきりと少しずつ回転しているように見えた。あたり一帯で手を繫ぎあい長い連鎖となって踊るように練り歩く者たちも大量にいて、見るうちとつぜん強烈な甘さが喉と口中に込み上げて、私はがっとばかりに深紅の液と球形の実を手のひらへ吐き出していた。「――あたしはもう行きますよ。長居する気はなかったし、もう充分でしょう」と甘く濡れた口から母の声が出てくるので私は狼狽し、「妻に会ってもらわねば。少し若過ぎるのですが、きっと良い妻になると思うのですよ」「そのあたりで見かけたから充分よ」若々しい母の声は言うのだった。「それとあれよ、子どものことも聞きましたからね。まあうまくおやりなさいよ」「いやいや何のことですか」と私はさらに焦ったがそれきり応答はなく、強烈な緑の薬臭さが鼻の奥から脳天へ抜けていくのを感じたのみだった。――ひどい混雑のなか、誰かと共に外へ出ていこうとするらしい妻を見たのはそのときのことで、頭巾つきマントの後ろ姿は生家の管理人だったあの老人と思われた。夜の宮殿でもこのように黙って私から離れていく妻だった、そしてフードつき巨大マントならば白いシャンデリアとともに中身のない虚ろの王として中空にあったのだと思い出し、するとわずかに振り向いたフードの奥に一瞬の明瞭さで細身の少年の顔が見えた。それは確かに、深夜の駅舎ホテルで目撃した剣呑（けんのん）なナイフ遣いの顔に違いないのだった。

追いついたとき「あら」と妻は驚いた様子もなく、しかし微妙に私を避けるように壁際へと後ずさりした。背後にフードつきマントの人物をかばう動きとも見え、人波の渦巻く場内では女代理人の勝利宣言とも聞こえる声が響いており、「あの娘こそが今や唯一の相続人であり、継承者なのですわ」と告げる声には不満や反論の声、野次も飛び交って場内は一時騒然とした。「こんなときにどこへ。それは誰かね」私が問うと、「あなたのおうちのことで。管理の書面を確かめるよう、＊＊も煩く言いますの」と妻は女代理人の名を言い、背後に隠れたままのフードつきマントの人物は背を丸めおどおどと頭を下げ、その態度はあの老人であるとも思われるのだった。「——山の人魚は何を遺したと言えるのか」「——その思想を継承し、さらに子へと伝えていけるのはあの娘のみ」——配下の男たちを従えた女代理人による演説の声はそのように続いており、そして場内では見上げるばかりの白い足首の彫像が急激に向きを変え始めていた。多数の綱と各所の巻き上げ機で一斉にきりきりと操作されるのだったが、巨大船の船首もかくやといった迫力で彫像の拇指球および四指の並びが眼前に迫り、私はたじたじと妻を背後へ押しやるかたちとなった。——〈つま先立ちの魔女〉との異名も持つ山の伯母の足指には潰れた爪の変形があり、急激な台座の回転とともに甲の血管の浮きや皮膚の皺も目に迫り、甲高でアーチの曲線の見事な足のぜんたいが改めて見渡された。外と内のくるぶしの骨の鋭い突起、腱の張りに踵の据わり具合など、白い彫像の女の足であると同時にそれは舞踏家のデスマスクとして改めて見直され、つまり妻へ向き直るまでのわずかの間ながら私はすっかり他所へ気を取られていた訳なのだが、するとマントの人物がふいに後ずさって壁と巻き上げ機との隙間へ没し、妻も引き摺られて後ろへ倒れたのだった。

ふいの動きはあたかも車輪による後退の動きの如くであり、あるいは決闘の場で見られた圧倒的な敏捷さの如くでもあった。

「あら」と再び妻は言い、私が咄嗟に支えたので転倒はしなかったものの、きりきりと巻き上げ機は動き続け、気づくと機械の壁もまた着実に大きく回転しつつあった。張りのあるドレスの生地がしっかり巻き込まれており、見る見る搾り上げられるように妻は身動きを封じられ、私の手を離れ狭い隙間の奥へ奥へと引き摺り込まれていくのだった。――「あら」と妻の声は反響を伴って遠ざかり、「地下よ。地下へ行くのだわ」そのようにはるか遠くで言い残して声は消えた。狭い隙間に私は入れず、それからいかに苦労して地下への通路や階段を下っていったか、詳細は不要であるかと思う。

折り返しの多い階段を下るあいだまぼろしは多くやって来て、闇のなかで瞑想するらしい髪の豊かな年配の女団員を見たし、新しい舞踏靴で踊り狂う華やかな踊り手といった他愛のないまぼろしもやって来た。「踊りたい、少しも休まず踊り続けたい。あたしはとてもうまく踊れるの」――地下宮殿さながらの場所では柱越しの広い空間にひろびろ横たわる人魚の下半身らしきものを見て、それは流動する白い霧の海に浸っていたのだが、やがて私は背の高い両開きの扉のまえに来ていた。夜の宮殿の特別室の扉にも似ていたがもっと背が高く、ひんやりした把手に手をかけ躊躇(ためら)ううち強烈な甘さの唾液が泉のように舌に湧き出して、母の声が再び喋りだしていた。「――まあね、あれは世俗的に言ってもいろいろと継承している娘なのよ。ぜんぶじぶんで支払ったでしょう」「旅行の費用は折半と話し合いましたが」と戸惑いながら私が言うと、「あの娘を狭い場所に封印していたのはあのひとの判断だったらしいけれど」母の声は言った。「お前の虚ろとあの娘の虚ろはまったく違っていて、似たところはほとんどない。まさか硫黄と水銀の結婚とまでは言わないにしてもね――でも近い血縁だけあって、顔はけっこう似ているわね」「取り込んでいますので」と私は扉を引こうとし、出口のように押し開ける扉であると気づいたが、何か障害物があるらしくがたがたとしか動かないのだった。

「こういうとき、普通は妻の名を呼ぶものよ」

「あなたが口のなかにいるので」

「遠慮したほうがよさそうね。まあ会えてよかったわ」と脳天へ抜けていく風の気配があって、「――蕩尽する一方の母親で悪かったわね」

そして母が完全に立ち去ったこと、もうどこにもいないことが事実として何故ともなく理解された。切迫する事態の折も折、このような終わりかたはあまりではないか、あの母らしいとはいえ。と内心で焦りつつ、破れかぶれで扉を押しまくると少しずつ動きだし、すると何やら背が高く不安定なものの重心を押し崩してしまったような、何とも心もとない手応えがあった。薄暗い戸口の隙間に多数の綱を曳きながら大きく傾いていく機械のアーム部の後ろ姿らしきものが見え、一瞬の空白ののち地響きと世にも恐ろしい破壊音さまざま、ぎゃっと叫ぶ声も混じってますます動揺し、やがてようやく入室した私は予想以上の惨状をそこに見出すこととなった。――何より空間の上方からゆらゆらと大量に垂れ下がってたわむ綱があり、それらを引き摺る本体とはすなわち床いっぱいに横倒しとなった巻き上げ機の残骸であって、はるか上階で見たうちの一台が何故かここまで斜めに落ち込んでいたといった塩梅なのだった。壁には暗がりへ白い蒸気を噴き出す大窯の列などもあり、この場はあるいは遠い地下に存在するという風呂場の機械室に該当するものであったかもしれない。室外から射す明るさと電気窯の照明のみの場はぜんたいに薄暗く、物影に満ちていた。

妻は――私の妻はきりきりとドレスの生地で絞り上げられた姿勢のまま、多くの綱がたわんで垂れ下がる暗がりに倒れていた。眉を寄せぎゅっと目を閉じた顔の下半分は模造毛皮の襟巻がずれて隠れていたが、口の両端を激しく下へ押し下げているだろうことは容易に想像できた。横転した機械のアーム部はその妻を跨ぎ越し、しかしその先で誰だかわからない者の腰から上を完全に圧し潰して下敷きとしており、下半身のみが露わとなってそこに横たわっていた。赤い血の染みがじわじわ広がっていくマントの生地が絡んだそれは鉄の機械製で、一部が車輪と合体してわずかに空転を続けていたが、ぜんたいの印象としては大振りナイフよりもさらに剣呑な機械の凶器といったものに見えた。そのとき確かに私にはそのように見えたのだ——痙攣するように不格好な突起部からどくどくと黒い油を垂れ流し、機械仕掛けで動いていた個体の虚ろの王は。

そして模造毛皮の襟巻を顎の下へずらしてやると、妻の口は私の目のまえで動き、このように言ったのだ。「火をつけるのよ。燃やすの。なかったことにするの、何もかも」

これらは夜の出来事であった印象が強いのだが、実際にわれわれが麓の小さな駅舎まで辿りついたのは夜であり、そして駅舎は小さく素朴な田舎の駅舎であって、要するに子どものころに来た山の屋敷の最寄り駅なのだった。背後には変わらず黒い機械の山が聳えているのかどうか、大火の明るさが麓まで射しているのか確かめる気にはまったくなれず、さらに付け足して言うならば、出発地である港駅までの切符代二人ぶんは私の所持する数枚の紙幣でぎりぎり足りる金額だった。硬貨と借家の鍵のみが残り、乗車後のわれわれは荷物もなく手を取り合ったまま座席に沈み、ひたすら眠った。

火をつけて逃げること、手に手を取ってふたりで逃げるということ——機械油に放った火は青く揺らめき、生き物のように滑り広がって、たちまちいちめんが青い火の海と化した——着火に至るまでは油を撒いて窯の火を移すなど、それなりの共同作業が必要だったが。これですべてが焼き尽くされるとは到底思えなかったものの、速やかに逃げ出すための原動力となったことは確かだった。そして火の反映はわれわれの背後から指先のように伸びてきて、どこまで逃げても執拗に付き纏ったのだった。――手に手を取って走るわれわれの足元直下には星ぼしを散りばめた暗黒宇宙らしき空間すら何度も見えたのだったし、辛うじて墜落を避けつつ狭い道筋を辿るうち、ともすれば妻の足元は重力の軛（くびき）をのがれ、ふらふらと空中へ漂い出したものだ。よじれたドレスの生地はごわつきながら空中に広がり、固く繋いだ片手でもって苦心惨憺その妻を引っ張りながら逃げるうち、人魚が去ったあとの霧の海も柱越しに見たし、太古の石の門らしきものを見た覚えもある。走りながら横目でそれを見たが、石柱と石柱のあいだにはひとつの血走った巨大な眼球が浮遊しており、それは闇のなかで無数のぎざぎざの光線を四方へ放っていたような――――、しかし私は妻の野放図な空中浮揚を片手で取り押さえ、地上へと引き戻しつつ命の限りに走ることで精いっぱいであったので、その場を無事通過できさえすればそれで充分だったのだ。そして私は病院の固いベッドで昏睡から覚めた、と言ってしまっても差し支えないような気もするのだが。

夜通し順調に走り続けた列車は未明に港駅へ到着し、われわれは秋のしらじら明けの深い寒気のなかへ降り立った。港を見下ろす借家までは歩くしかなく、ようやくひどい空腹を自覚したのはこのときだったように思う。湾には濃い朝霧があり、早朝に働く港湾夫のための焼き栗売りがいたので、私は残りの硬貨で一袋買い求めて妻に渡した。

「トマジ」

「変な名前よね。ずっといつもそう思っていたの」妻は言った。

「よろしく」私は言い、そしてわれわれは家まで歩いた。

——これがわれわれの驚異の新婚旅行の話。それから半年も経たず、私は仕事の出張先でPに再会した。型録（カタログ）には縁の深い卸問屋で案外真面目に働いており、それがきっかけで私の妻はPの妻との文通を始めたようだった。だがそのまえに、旅行から帰宅して数日後にはふたりの旅行鞄が何事もなかったかのように家まで送り届けられてきたこと——妻の女代理人はいたく満足の様子で、舞踏団の利権やら何やらの財産運用に励む模様であること。ただし私のことはいかにも列車事故で昏睡中のままであるかのように振る舞うこともあること——たまの電話での応対で、そのように感じることがあるのだ。私の生家には再び管理人が入り、それはどうやらあの老人であるらしいこと——そうしたことも付け加えるべきだろうか。火をつけて逃げたこと、大火もなかったことになっているのか否か。虚ろの王は誰か。こまごまとした日常の現実、日々供される食卓の各種のパン。私の知る限りでは、模造毛皮の襟巻は今も妻のクローゼットの引き出しにあるのだと思う。

そしてPたちはまたも夜の宮殿行きの計画中らしく、しかし同行の誘いを妻は断る様子だった。先の旅行で何やら終始問題となっていた子どもの件なのだが、それから十月十日後に生まれた子は奇妙な目をした元気な子であって、旅行などは当面お預けであったから。奇妙な目――夜の子ども部屋で発光するという訳でもないのだが――気のせいか、目の動きに微かな機械音を感じることがあるのだ。精巧な内蔵時計か何かのような、そして私じしんのなかにもそれは時に感じられなくもない、と付け足しておくべきだろうか。

これがわれわれの話。夜の宮殿の印象。その他の旅のこと。

# 短文集

# 短文1

山の人魚の葬儀には実に多彩な参列者が集まることとなった。地平までながながが影を届かせる死火山の峰めざし、ぞろぞろ登攀していく行列はさながら地を巻き締める黒い蛇のよう。多数の荷車には殉死の死魚が満載され、のろのろ押し曳きしつつ進むのはひどく痩せた象のようなもの、ぜんしん瘤だらけのもの。揺れ動く虹いろの膜の如きもの、ただ曖昧な影だけのもの。飛ぶもの這うもの、さまざま異色の列をなして参集するなかに、にんげんの王侯の列もまたごくわずかながら入り交じっていた。

火口近い荒れた土地では大小の瓦礫が濃い影を持ち、崩れ残った石柱がぐるりと円陣を組む中央に巨大な石の台座、山の人魚はそこへ重たげに横たわり、長きに渡りひたすら死を待っていた。遺跡となった石舞台の由来も人魚の来歴もいっさい不明ながら、肉づきよく脂の乗った白肌も硬い鱗も尾鰭の棘も、これほど不似合いな場に据えられては少しずつ死に近づいていくより他に道はなかった。腐りゆく我が肌を見よ。山の人魚が吠えると、上空に月球を載せた死火山のぜんたいが谺を返し、それでも地平の彼方まで後退した太古の海はあまりに遠く、微かな潮騒の反響すらここまで届くことはなかった。

海にはもはや長く出逢わぬわ。自国を失い放浪する虚ろの王が言った。ようやく葬儀に間に合ったものの、山の人魚のむくろはすでに巨大な残骸と化し、石の台座のうえで急速に腐敗を進めていた。麗しの女体も下半身の魚体も破れてなかの空気が抜け、両の乳房は裏返ったかのよう。虚ろの王は顔を顰めて後ずさりした。かつて美しと見たかおを覚えていたのだ。供物の黄金を少しく持参した近隣の王はといえば、手にした革ぶくろを懐中深く仕舞い直すところだった。現世のことに役立てればよし、そのように思われたのだ。

せめて火をかけよ。虚ろの王と近隣の王が同時に命じた。虚ろな臣下たちは長びく放浪のあいだにすっかり風化して実体をなくしていたが、代わって近隣の王の護衛兵たちがきびきび動き回り、やがて真っ黒な熱いけむりが大量に立ちのぼって、誰もが激しく咳き込んだ。ひどい悪臭とともに、熱性の疫病がこの地に根を降ろしたのだ。——山の人魚の葬儀はいつまでも終わることがなく、そののち無事下山したものがあったと記憶する者もない。月球のおもてがとくべつ冴え渡る夜、今でも山頂の石舞台には巨大な人魚の虚像が出現することがあり、ただし決してその容貌を盗み見てはならないとされている。片肘をあげ、悩ましく仰け反るそのかおは青い夜の狂気に深ぶかと感染しているのだ。

## 短文2

婚礼の宴の果てたあと、着替えに立った筈の新妻の居どころを捜してまわり、夜の真っ暗な図書室でようやく見つけたことがある。婚礼のあったわたしの古い実家でのことだったと思う。よく知りもしない少女のように若い女を娶ったことについて、事情は充分すぎるほど整っていたというものの、それでも取り返しのつかないことを仕出かしたような、我ながらそのとき不穏な気分でいたことはよく覚えている。真っ暗な書庫の遠い突き当りに若い妻はいて、昼間の婚礼衣装とは打って変わった気楽な身なりで、移動式階段の中途に登って本を選んでいた。

消灯した夜の図書室はむろんのこと重苦しい闇の堆積となっていたが、そのとき遠い書棚に囲まれた妻の小さな姿のみくっきり明るかったのだ。その明るさは思いのほか親しみのある暖かい色調に見えた。例えるならば夜の洞窟内にほのめく小さな焚き火のような——、ごく限られた周囲の背表紙のみ照らす程度の光量で、しかしどう見ても若い妻の存在じたいが闇に向けて静かに発光しているのだった。

「出発の時間です」

誰かの声がして全室まばゆく点灯し、妻が顔をあげるのがわかった。その足元近くの床で細身の若い白猫が立ち上がり、遠くからまともにわたしを見た。

## 短文3

妻の女代理人は中年にしてげんじつから片足を踏み外しているように見えた。いつも見た夢のはなしばかりしているのだ。

「――後ろから軽く突き飛ばされて、じたばた騒ぐうち勝手に交尾されてしまったんですわ。羽毛が飛び散って目もまわり、固い結髪も乱されました。ひと筋ふた筋くちびるの端に嚙み、ようやく手をつき振り向きましたが、崩れかけた神殿の空漠にただ石柱の列があるばかり。空漠、打ち捨てられた空虚、高みへと墜落していきそうな真っ青な空――賊は間違いなく柱の男たちのひとりです。ええ、古来申しますように柱の属性は男であり、男というものはそもそも柱なのですわ。ドーリア式にイオニア式コリント式、建築様式（オーダー）の細かな差異など気にもしませんが、比率正しくすらりと容子のよい独立円柱こそ我が仇、我が敵手。わたくし、折れた琴も打ち捨てまして、思い切ってはるかな装飾柱頭めざし一気に飛びたったのでした。いつもは鳥脚で歩行するのみで、実用性に乏しい飾りの翼と思っていたのですが、じっさい使ってみればまあよく飛べること。列柱廊の梁構造も邪魔とばかりに上下自在に飛びまわり、その知らぬ風情の柱たちへの精いっぱいの秋波に満ちた羽根打ちやら、小当たりの頭突きを繰り返しました。そのうち神殿に仕える身上も忘れ、ただの身軽な小鳥と化していたような——でもこれ幸いと、もっとも雄々しく美しいと思われた円柱をこれこそ生涯の伴侶と思い定め、わたくし上空よりさいごの猛突進を敢行したのです。そうして今ここにおりますの」

「あなたは迦陵頻伽でしたか」

「え」

「かりょうびんが。女の上半身と鳥の下半身、両翼を持つすがたですね。結髪して多くは楽を奏でる。語源はサンスクリット語。仏典にあらわれる仮想の生き物ですから、ギリシア神殿ではちょっと」

「ええ、びんがびんが」

# 短文4

白く灼けた下りの石段は秘密めく中庭へと至り、夏には旺盛な緑の繁茂に鮮烈な赤さの小花が点々と混じる。やがてたわわな柘榴(ざくろ)の実がみのる。その場は地元の寄宿制女学校の中庭に当たり、しばしば寮生たちが無防備に憩う姿が見られたため、急な石段はわれわれの密かな通い路となっていた。寮母の監視を避けて濃い草いきれのなかに身を潜め、戸外でくつろぐ少女たちの肢体の一部なりと盗み見ようと熱中し、その夜のわれわれの夢は奔放なまぼろしでもって満ち満ちたものだ。揺れる髪の陰にほの見えた大きな瞳や白い頬、笑い声、すばやく駆け去っていく敏捷な腰つき。そのときふくらはぎに射した悪戯(いたずら)な明るい木漏れ日のことなど——記憶にあるわれわれの輝ける都市、海に向けて階段状に急傾斜し、互いに支えあいもたれあう建築群の密集と連鎖をもって構成された栄光の古都。たとえば古文書資料館と交易博物館の基盤を裁判院の大屋根の一部が支え、古刹寺院を高だかと跨いで見事な水道橋がある。戸外のあらゆる大階段を昇り降りする者たちは各層で趣き深い貯水池公園に出会う。庁舎の名高い階段庭園はさらに名高い観光墓地区画へと続いていくが、ただしこのあたりでは長年に渡る下層の大木群の繁茂があり、輝く海の断片すら見えないことを誰もが内心残念に思ったものだ。

やがて少女たちのひとりを妻として海上鉄道の旅に出るとき、われわれは柘榴の中庭のことを思い出す。食堂車の糊の効いた白いクロスに少しの緊張を載せて、大きく大きくカーブしていく海上線路の外径はやがていちめんの黒い泥炭層となり、夜にはそこでぽつぽつと青い燐火が燃えることをわれわれはよく知っている。あなたは柘榴の庭でわたしを見たわ、従兄弟たちといっしょに。デザートを待ちながらフォークを置いて妻が言う。祖母の家で法事があったわね、あの夏のこと。覚えているかしら。——窓外では無人の通過駅が幾つかつづき、やがて列車は淀んだ色と豊かな水量をもつ河川の鉄橋をがらがらと音たてて渡る。葦の繁る岸辺にわたしはよく見知ったようなサイロの姿とかたちを見る。走るにつれいちめんの浅い緑がそよぐ水田地帯が続き、線路沿いに数多くの名産品や企業の広告看板が並び、白く灼けた夏休みの高校のグラウンドには外周の背の高いネットがある。

短文集のうち「短文3」は『kaze no tanbun　特別ではない一日』（柏書房、二〇一九年）に「短文性についてI」のタイトルで収録された。

他はすべて書き下ろし。

# 山の人魚と虚ろの王

二〇二一年二月二四日初版第一刷発行
二〇二一年三月二四日初版第二刷発行

著　者　山尾悠子
発行者　佐藤今朝夫
発行所　株式会社国書刊行会
　　　　東京都板橋区志村一―一三―一五
　　　　電話〇三（五九七〇）七四二一
　　　　https://www.kokusho.co.jp
印　刷　創栄図書印刷株式会社
製　本　株式会社ブックアート
装　丁　ミルキィ・イソベ
ISBN 978-4-336-07099-9